宋·湯漢 編

妙絶古今

中國書店

詳校官御史臣莫瞻菉

臣 紀 昀 覆 勘

欽定四庫全書　集部八

妙絕古今　總集類

提要

臣等謹案妙絕古今四卷不著編輯者名氏前有嘉靖乙卯南贛巡撫談愷刋書序後有南安知府王廷幹跋但稱為宋人所選而不得其本末宋史藝文志亦無此書之名今以元趙汸東山存稿考之盖湯漢所編也漢有

東澗遺集已别著録是編甄輯古文起春秋左氏傳訖眉山蘇氏凡二十一家七十九篇卷首原序有稱東澗書者即漢之自題其稱紫霞老人者則趙汝騰所題趙汸謂曾見鄱陽馬公文有妙絶古今序後於書肆見是書卷首不載馬公之序今此本亦無之而馬廷鸞碧梧玩芳集世已失傳惟永樂大典間存一二亦無此序則其佚久矣書中所録代不

數人人不數首似不足槩古今作者故趙汸
稱觀馬公詞意若無取焉者獨汸以宋代衰
微之故與漢出處大槩推闡其旨以為南渡
忍恥事雠理宗容姦亂政故取左氏國策所
載之事以昭諷勸而并及於漢唐二代興亡
之由又取屈原樂毅韓愈送孟東野序歐陽
修蘇子美序集諸篇有感於士之不遇而復進
之於道以庶幾乎知所自反其去取之間篇

篇具有深義因作為題後以發明之凡一千
四百餘言而漢著書之意始明乃知以闗畧
議之者由未論乎其世矣書中間有評注當
亦出漢原本今並録存之自序稱壬寅乃理
宗淳祐元年蓋猶其未仕時所撰定云乾隆
四十九年十月恭校上

總纂官臣紀昀臣陸錫熊臣孫士毅

總校官臣陸費墀

妙絶古今序

文章之精絶者一代不數人而一人不數篇余自春秋傳訖歐蘇氏拔其尤得七十有九首蓋千載之英華萃矣時同子弟朋友吟諷之善哉今而後有過予陋巷而閒軒縣者必是編也夫淳祐壬寅春東澗書

伯紀負奇材游諸公間秘監柴公敬其行西山真公取其學南塘趙公奇其文昔余為江東憲公餘屈致館舍論辯終日因得是編皆諸老之緒言也銖兩之必較毫

髮之不差軼梁統之選而過之精矣雖然言之精者道之奇六經其元氣也學者又當亹亹毋但求言語句讀之工而已寶祐丁巳三月紫霞老人題

文以載道也孔子曰文不在兹乎言道也周末文勝於是有離道而為文者秦以上書漢以對策唐以詩賦取士於是學者以文為進取計而離道益遠矣梁蕭統文選唐姚鉉文粹自謂時更七代理貫六籍畧蕪集英掇菁擷華後有作者不可尚已由今觀之其皆載道之文

乎抑否乎孜孜聖門游夏以文學名而列之四科之末
故子貢曰夫子之文章可得而聞也夫子之言性與天
道不可得而聞也豈游夏從於陳蔡之間性與天道尚
未得聞之與要之文而離道藝焉而已柳柳州言少為
文章以辭為工及長乃知文以明道是故抑之欲其奥
揚之欲其明疎之欲其通廉之欲其節激而發之欲其
清固而存之欲其重此吾所以羽翼夫道也本之易詩
書禮春秋以取道之原參之孟荀莊老穀梁國語離騷

太史旁推交通而以之為文其文似矣其果合於是乎後之論柳州者謂其於道何如也余昔以文舉于有司蓋學而未能者歷仕三十年尚未聞道竊見今之名家如后渠荆川嘗選擇古人之文以嘉惠學者是編蓋宋人所選真西山亦稱許之其曰妙絶以文言抑以道言也無乃資斯進末學以為干名應試之階乎虞之蕭蘭氏得善本授之梓焉予序之其載道與否當有具眼於驪黄牝牡之外者嘉靖乙卯春正月既望賜進士出身

通議大夫都察院右副都御史奉勅巡撫南贛汀漳等
處地方提督軍務錫山談愷書

欽定四庫全書

妙絶古今卷一

宋　湯漢　編

左氏

范宣子為政諸侯之幣重鄭人病之鄭伯如晉子産寓書於子西以告宣子寓寄也曰子為晉國四鄰諸侯不聞令德而聞重幣僑也惑之僑聞君子長國家者非無賄之患而無令名之難夫諸侯之賄聚於公室則諸侯貳

貳離也若吾子賴之則晉國貳賴恃用之諸侯貳則晉國壞晉國貳則子之家壞何沒沒也沒沒沉滅之言將焉用賄夫令名德之輿也德國家之基也有基無壞無亦是務乎有德則樂樂則能乆詩云樂只君子邦家之基有令德也夫上帝臨女無貳爾心有令名也夫恕思以明德則令名載而行之是以遠至邇安毋寧使人謂子子實生我無寧寧也而謂之浚我以生乎浚取也象有齒以焚其身賄也斃也宣子說乃輕幣襄公二十四年

襄公薨之月子産相鄭伯以如晉晉侯以我喪故未之見也子産使盡壞其館之垣而納車馬焉士文伯讓之曰敝邑以政刑之不脩寇盜充斥無若諸侯之屬辱在寡君者何是以令吏人完客所館高其閈閎厚其墻垣以無憂客使今吾子壞之雖從者能戒其若異客何以敝邑之為盟主繕完葺墻（葺覆也）以待賔客若皆毀之其何以共命寡君使匄請命（請問毀垣之命）對曰以敝邑褊小介於大國誅求無時（誅責也）是以不敢寧居悉索敝賦以來會

時事（隨時來朝會）逢執事之不間而未得見又不獲聞命未知見時不敢輸幣亦不敢暴露其輸之則君之府實也非薦陳之不敢輸也（薦陳猶獻見也）其暴露之則恐燥濕之不時而朽蠹以重敝邑之罪僑聞文公之為盟主也宮室卑庳無觀臺榭以崇大諸侯之館館如公寢庫廐繕脩司空以時平易道路圬人以時塓館宮室諸侯賓至甸設庭燎僕人巡宮（巡宮行夜）車馬有所（有所有所處）賓從有代（代客役）巾車脂轄（巾車主車之官）隸人牧圉各瞻其事（瞻視客所當得）百官之屬

各展其物（展陳也謂羣官各陳其物以待賓）公不留賓而亦無廢事憂樂同之事則巡之（巡行也）教其不知而恤其不足賓至如歸無寧菑患（言見遇如此寧當復有灾患邪）不畏寇盜而亦不患燥濕今銅鞮之宫數里（銅鞮晉離宫）而諸侯舍於隸人（舍如隸人舍）門不容車而不可踰越（門庭之内迫迮又有墻垣之限）盜賊公行而天厲不戒（厲猶灾也言水潦無時）賓見無時命不可知若又勿壞是無所藏幣以重罪也敢請執事將何所命之（問晉命已所止之宜）雖君之有魯喪亦敝邑之憂也（言鄭與魯亦同姓之憂）若獲薦幣脩

垣而行君之惠也敢憚勤勞文伯復命趙文子曰信我實不德而以隸人之垣以贏諸侯贏受也是吾罪也使士文伯謝不敏焉晉侯見鄭伯有加禮厚其宴好而歸之乃築諸侯之館叔向曰辭之不可以已也如是夫子產有辭諸侯賴之若之何其釋辭也襄三十一年

子皮欲使尹何為邑為邑大夫子產曰少未知可否子皮曰愿吾愛之不吾叛也使夫往而學焉夫亦愈知治矣子產曰不可人之愛人求利之也今吾子愛人則以政猶

未能操刀而使割也其傷實多子之愛人傷之而已其誰敢求愛於子子於鄭國棟也棟折榱崩僑將厭焉敢不盡言子有美錦不使人學製焉大官大邑身之所庇也而使學者製焉其為美錦不亦多乎僑聞學而後入政未聞以政學者也若果行此必有所害譬如田獵射御貫則能獲禽也貫習若未嘗登車射御則敗績厭覆是懼何暇思獲子皮曰善哉虎不敏吾聞君子務知大者遠者小人務知小者近者我小人也衣服附在吾身我知而

慎之大官大邑所以庇身也我遠而慢之微子之言吾不知也他日我曰子為鄭國我為吾家以庇焉其可也今而後知不足自今請雖吾家聽子而行子産曰人心之不同如其面焉吾豈敢謂子面如吾面乎抑心所謂危亦以告也子皮以為忠故委政焉子産是以能為鄭國

齊侯使晏嬰請繼室于晉少姜有寵于晉侯既卒復使晏子請以女繼少姜既成昏許昏成晏子受禮受賓享之禮叔向從之宴相與語叔向曰齊其何如晏子曰此季世也吾弗知齊其為陳氏矣

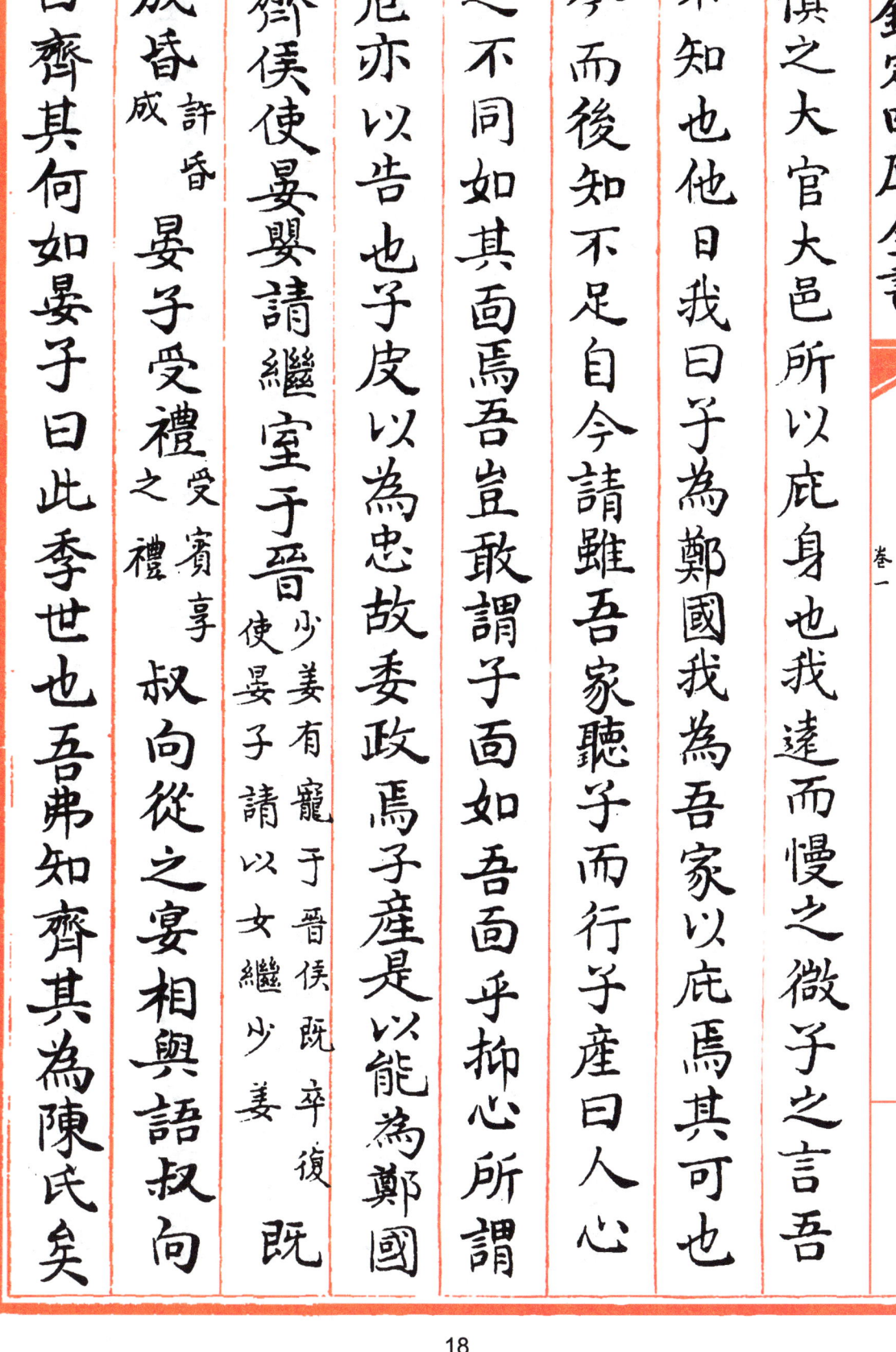

公棄其民而歸於陳氏齊舊四量豆區釜鍾四升為豆各自其四以登於釜（四豆為區區容斗六升四區為釜釜容六斗四升登成也）釜十則鍾（六斛四升）陳氏三量皆登一焉鍾乃大矣（登加也加一謂加舊量之一也以五升為豆五豆為區五區為釜則區三斗釜八斗鍾八斛）以家量貸而以公量收之山木如市弗加於山魚鹽蜃蛤弗加於海（賈如在山海不加貴䟽曰如往也）民參其力二入於公而衣食其一（言公重賦斂）公聚朽蠹而三老凍餒國之諸市屨賤踊貴（踊刖足者屨言刖多）民人痛疾而或燠休之（燠休痛念之聲謂陳氏也）其愛之如父母而歸

之如流水欲無獲民將焉辟之箕伯直柄虞遂伯戲四人皆舜後陳氏之先其相胡公大姬已在齊矣胡公四人之後周始封陳之祖大姬其妃也言陳氏雖為人臣然將有國其先祖鬼神已與胡公共在齊叔向曰然雖吾公室今亦季世也戎馬不駕卿無軍行言晉衰弱不能征討諸侯公乘無人卒列無長百人為卒言人皆非其人非其長庶民罷敝而宮室滋侈道殣相望而女富溢尤女嬖寵之家民聞公命如逃寇讐欒郤胥原狐續慶伯降在皁隸八姓晉舊臣之族也政在家門大夫專政民無所依君日不悛以樂慆憂慆藏也公室之卑其何日

之有言今至讒鼎之銘曰昧旦丕顯後世猶怠昧旦早起也丕大也

言夙興以務大顯後世猶懈息況日不悛其能久乎晏子曰子將若何

問何以免此難叔向曰晉之公族盡矣肸聞之公室將卑其宗

枝葉先落則公從之肸之宗十一族唯羊舌氏在而已

肸又無子無賢子公室無度無法度幸而得死言得以壽終為幸豈

其獲祀初景公欲更晏子之宅曰子之宅近市湫隘囂

塵不可以居請更諸爽塏者爽明塏燥辭曰君之先臣容焉

臣不足以嗣之於臣侈矣且小人近市朝夕得所求小

人之利也敢煩里旅（旅衆也）公笑曰子近市識貴賤乎對曰既利之敢不識乎公曰何貴何賤於是景公繁於刑有鬻踊者故對曰踊貴屨賤既已告於君故與叔向語而稱之（傳護晏子令不與張趯同識傳識張趯無隱諱同見本年）景公於是省於刑君子曰仁人之言其利溥哉晏子一言而齊侯省刑詩曰君子如祉亂庶遄已其是之謂乎及晏子如晉公更其宅反則成矣既拜（拜謝其宅）乃毀之而為里室皆如舊則使宅人反之（還其故室）且諺曰非宅是卜唯鄰是卜二三子

先卜鄰矣（二三子謂鄰人）違卜不祥君子不犯非禮小人不犯不祥古之制也吾敢違諸乎卒復其舊宅公弗許因陳桓子以請乃許之（昭公三年）

楚子狩于州來（狩冬獵也）次于潁尾（潁水之尾在下蔡西）使蕩侯潘子司馬督囂尹午陵尹喜帥師圍徐以懼吳楚子次于乾谿（在譙國城父縣南）以為之援雨雪王皮冠秦復陶（秦所遺羽衣也）翠被（以翠羽飾被）豹舄（以豹皮為履）執鞭以出僕析父從右尹子革夕（夕莫見）王見之去冠被舍鞭（敬大臣）與之語曰昔我先王

熊繹 楚始封君 與呂級 齊太公之子丁公 王孫牟 衛康叔子康伯 燮父 晉唐叔子
禽父 周公子伯禽 並事康王四國皆有分我獨無有 四國齊晉魯衛
分珍寶之器 今吾使人於周求鼎以為分王其與我乎對曰
與君王哉昔我先王熊繹辟在荊山 在新城沶鄉縣南 篳路藍
縷以處草莽跋涉山林以事天子唯是桃弧棘矢以共
禦王事 桃弧棘矢以禦不祥言楚在山林少所出有也 齊王舅也 成王母齊太公女 晉
及魯衛王母弟也楚是以無分而彼皆有今周與四國
服事君王將惟命是從豈其愛鼎王曰昔我皇祖伯父

昆吾舊許是宅今鄭人貪賴其田而不我與我若求之
其與我乎對曰與君王哉周不愛鼎鄭敢愛田王曰昔
諸侯遠我而畏晉今我大城陳蔡不羹賦皆千乘子與有
勞焉諸侯其畏我乎對曰畏君王哉是四國者專足畏也（四國）
（陳蔡二不羹）又加之以楚敢不畏君王哉工尹路請曰君王
命剝圭以為鏚柲（鏚斧也柲柄也破圭玉以飾斧柄也）敢請命（請制度之命）王
入視之析父謂子革吾子楚國之望也今與王言如響
國其若之何（譏其順王心）子革曰摩厲以須王出吾刃將斬

妙絕古今　八

矣（以已喻鋒刃欲自摩厲以斬王之淫慝）王出復語左史倚相趨過王曰是良史也子善視之是能讀三墳五典八索九丘對曰臣嘗問焉昔穆王欲肆其心周行天下將皆必有車轍馬跡焉祭公謀父作祈招之詩以止王心王是以獲沒於祗宮臣問其詩而不知也若問遠焉其焉能知之王曰子能乎對曰能其詩曰祈招之愔愔式昭德音（愔愔安和貌）思我王度式如玉式如金（金玉取其堅重）形民之力而無醉飽之心（言國之用民當隨其力任如金冶之器隨器而制形故言形民之力去其醉飽過盈之心○朱

(文公云家語貞觀政要形皆作刑蓋剖剥之意)王揖而入饋不食寢不寐數日

不能自克以及於難仲尼曰古也有志克己復禮仁也

信善哉楚靈王若能如是豈其辱於乾谿(昭十二年)

晉韓起聘于鄭宣子有環其一在鄭商(玉環同工共璞自共為雙)宣

子謁諸鄭伯(謁請也)子產弗與曰非官府之守器也寡君

不知子太叔子羽謂子產曰韓子亦無幾求(言所求少)晉國

亦未可以貳晉國韓子不可偷也若屬有讒人交鬬其

間鬼神而助之以興其凶怒悔之何及吾子何愛於一

環其以取憎於大國也盍求而與之子産曰吾非偷晉而有二心將終事之是以弗與忠信故也僑聞君子非無賄之難立而無令名之患僑聞為國非不能事大字小之難無禮以定其位之患夫大國之人令於小國而皆獲其求將何以給之一共一否為罪滋大大國之求無禮以斥之何饜之有吾且為鄙邑則失位矣（不復成國）若韓子奉命以使而求玉焉貪淫甚矣獨非罪乎出一玉以起二罪吾又失位韓子成貪將焉用之且吾以玉賈

罪不亦鋭乎（鋭細小也）韓子買諸賈人既成賈矣商人曰必告君大夫韓子請諸子産曰日起請夫環執政弗義弗敢復也（復重求也）今買諸商人商人曰必以聞敢以為請子産對曰昔我先君桓公與商人皆出自周（鄭本在周畿內桓公東遷并與商人俱來）庸次比耦（庸用也用次更相從耦耕）以艾殺此地斬之蓬蒿藜藋而共處之世有盟誓以相信也曰爾無我叛我無強賈無或匄奪爾有利市寶賄我勿與知恃此質誓故能相保以至于今今吾子以好來辱而謂敝邑強奪商

人是教敝邑背盟誓也毋乃不可乎吾子得玉而失諸侯必不為也若大國令而共無藝藝法也鄭鄙邑也亦弗為也不欲為鄙邑事僑若獻玉不知所成敢私布之韓子辭玉曰起不敏敢求玉以徼二罪敢辭之鄭六卿餞宣子於郊宣子私覲於子産以玉與馬曰子命起舍夫玉是賜我玉而免吾死也敢不藉手以拜

梗陽人有獄魏戊不能斷以獄上其大宗賂以女樂魏子將受之魏戊謂閻沒女寬二子魏子之屬大夫曰主以不賄聞於

諸侯若受梗陽人賄莫甚焉吾子必諫皆許諾退朝待於庭（魏子朝君退而待於魏子之庭）饋入召之（召二大夫食）比置三歎既食使坐魏子曰吾聞諸伯叔諺曰唯食忘憂吾子置食之間三歎何也同辭而對曰或賜二小人酒不夕食（言飢甚）饋之始至恐其不足是以歎中置自咎曰豈將軍食之而有不足是以再歎（魏子中軍帥故謂之將軍）及饋之畢願以小人之腹為君子之心屬厭而已（屬足也言小人之腹飽猶知厭足君子之心亦宜然）獻子辭梗陽人（昭二十八年）

邾黑肱以濫來奔賤而書名重地故也（黑肱非命卿故曰賤）君子曰名之不可不慎也如是（是黑肱也）夫有所有名而不如其已（有所謂有地也言雖有名不如無名已止也）以地叛雖賤必書地以名其人終為不義弗可滅已是故君子動則思禮行則思義不為利回（回正心也）不為義疚（疚病也見義則為之）或求名而不得或欲蓋而名章懲不義也齊豹為衛司寇守嗣大夫作而不義其書為盜（求名而不得也二十年豹殺衛侯兄）邾庶其莒牟夷邾黑肱以土地出求食而已不求其名賤而必書此二物者

所以懲肆而去貪也物事也肆放也齊豹書盜懲肆也三叛人名去貪也若艱難其身以險危大人而有名章徹攻難之士將奔走之攻猶作也奔走猶趨赴也若竊邑叛君以徼大利而無名貪冒之民將寘力焉盡力為之不顧於見書是以春秋書齊豹曰盜三叛人名以懲不義數惡無禮其善志也無禮惡逆皆數而不忘記事之善者也故曰春秋之稱微而顯婉而辨上之人能使昭明善人勸焉淫人懼焉是以君子貴之昭三十一年

國語

晉文公既定襄王于郟王勞之以地辭請隧焉隧王之葬禮王弗許曰昔我先王之有天下也規方千里以為甸服規規畫而有之以供上帝山川百神之祀以其職貢供王祭也以備百姓兆民之用以待不庭不虞之患其餘以均分公侯伯子男其餘甸服之外地也使各有寧宇以順及天地無逢其災害順天地尊卑之義也若相侵犯則有災害先王豈有賴焉賴利也言無所利皆均分諸侯內官不過九御九御九嬪外官不過九品九品九卿足以供給神祇而已言嬪與卿主祭祀也豈敢猒縱其耳目心腹以亂百度亦唯是

死生之服物采章以臨長百姓而輕重布之王何異之有(輕重布之貴賤各有等也)今天降禍災於周室予一人僅亦守府(僅猶劣也府先王之府藏)又不佞以勤叔父而班先王之大物以賞私德(班分也大物謂隧也)其叔父實應且憎以非予一人予一人豈敢有愛也(應猶受憎惡也言晉文雖當私賞猶非我一人)先民有言曰改玉改行(玉佩玉所以節行步也君臣尊卑遲速有節言服其服則行其禮以言晉侯尚在臣位不宜有隧也)叔父若能光裕大德更姓改物以創制天下自顯庸也(改物改正朔易服色也)而縮取備物以鎮撫百姓(縮引也備物隧之屬)予一

妙絕古今

人其流辟於裔土何辭之與有流放也言將放辟於荒裔復何陳辭之有乎若由是姬姓也謂文公末更姓而王尚將列為公侯以復先王之職大物其未可改也叔父其茂昭明德物將自至言有天下則隧自至予敢以私勞變前之大章以忝天下章表也所以表明天子與諸侯異物其若先王與百姓何言無以奉先王鎮撫百姓何政令之為也何以復臨百姓而為政令乎若不然叔父有地而隧焉自制地為隧也予安能知之所不敢禁文公遂不敢請受地而還西山曰愚按此篇要領在班先王之大物以賞私德一語後云余敢以私勞變前之大章蓋覆說此意也晉文公之於定襄王自以為不世之

大功其請隧也蓋駸駸乎窺大物之漸襄王目之曰私德曰私勞所以析其驕矜不遜之意玩其辭氣若優游而實峻烈眞可為告諭諸侯之法

公父文伯退朝朝其母其母方績文伯曰以歜之家而主猶績（言家有寵不當績也）懼干季孫之怒也（季孫康子也）其以歜為不能事主乎其母歎曰魯其亡乎使僮子備官而未之聞邪居吾語女（居坐）昔聖王之處民也擇瘠土而處之勞其民而用之故長王天下夫民勞則思思則善心生逸則淫淫則忘善忘善則惡心生沃土之民不材淫也瘠

士之民莫不罄義勞也是故天子大采朝日與三公九卿祖識地德（大采袞衣也祖習也識知也）日中考政與百官之政事師尹維旅牧相宣序民事（宣徧也序次也）少采夕月與太史司載糾虔天刑（糾共也虔敬也）日入監九御使潔奉禘郊之粢盛而後即安（即就也）諸侯朝修天子之業命（業事也）晝考其國職夕省其典刑夜儆百工使無慆淫而後即安卿大夫朝考其職晝講其庶政夕序其業夜庀其家事而後即安（庀治也）士朝而受業晝而講貫夕而習復夜而計過無憾

而後即安自庶人以下明而動晦而休無日以怠王后親織玄紞公侯之夫人加之以紘綖說云紞冠之垂前後者昭謂紞所以縣瑱當耳者卿之內子為大帶卿之適妻曰內子大帶緇帶也命婦成祭服命婦大夫之妻列士之妻加之以朝服列士元士也既成祭服又加之以朝服也自庶士以下皆衣其夫庶士下士也下至庶人也社而賦事烝而獻功社春分祭社也事農桑之屬也冬祭曰烝烝而獻五穀布帛之功也男女效績愆則有辟古之制也君子勞心小人勞力先王之訓也自上以下誰敢淫心舍力今我寡也爾又在下位朝夕處事猶恐忘

先人之業況有怠惰其何以避辟吾冀而朝夕脩我曰必無廢先人爾今曰胡不自安（欲使我不績而自安）以是承先君之官余懼穆伯之絶祀也仲尼聞之曰弟子志之季氏之婦不淫矣

叔向見韓宣子宣子憂貧叔向賀之宣子曰吾有卿之名而無其實無以從二三子吾是以憂子賀我何故對曰昔欒武子無一卒之田（上大夫一卒之田）其官不備其宗器（宗官宗器祭器）宣其德行順其憲則使越于諸侯（越發聞也）諸侯親

之戎狄懷之以正晉國行刑不疚[疚病也]以免於難[免弑君之]難及桓子驕泰奢侈貪欲無藝[桓子欒書之子黶也]畧則行志[則法]假貸居賄宜及於難而賴武之德以沒其身及懷子改桓之行而修武之德[懷子桓子之子盈也]可以免於難而離桓之罪以亡于楚[亡奔也]夫郤昭子[昭子郤至也]其富半公室其家半三軍恃其富寵以泰于國其身尸於朝其宗滅于絳不然八郤五大夫三卿[三卿郤錡郤至郤犨又有五人為大夫]其寵大矣一朝而滅莫之哀也唯無德也今吾子有欒武子之貧

吾以為能其德矣是以賀若不憂德之不建而患貨之不足將弔不暇何賀之有宣子拜稽首焉曰起也將亡賴子存之非起也敢專承之其自桓叔以下嘉君子之賜

桓叔韓氏之祖曲沃桓叔也　合求玉憂貧二事觀之宣子蓋多欲矣居則賴叔向以存其亡出則因子產以免其憂而韓子卒稱君子且令終焉人可無法家拂士乎哉

趙簡子使尹鐸為晉陽曰必墮其壘培

墮壞也壘荀寅士吉射圍趙氏所作壁壘也

吾將往焉若見壘培是見寅與吉射也尹鐸往而增之簡子如晉陽見壘怒曰必殺鐸也而後入大夫

辭之（辭請也）不可曰是昭予讐也鄢無正進（無正晉大夫鄢良伯樂）曰昔先主文子少釁於難（文子簡子祖趙武也釁猶離也難謂莊姬之讒趙氏見討）從姬氏於公宮（姬氏莊姬趙朔之妻文子之母晉景公之姊也）有孝德以出在公族（為公族大夫）有恭德以升在位有武德以羞為正卿有溫德以成其名譽失趙氏之典刑而去其師保（在公宮故無師保也）基於其身以克復其所及景子長於公宮（景子文子之子簡子之父趙成也從其王母在公宮）未及教訓而嗣立矣亦能纂脩其身以受先業無謗於國順德以學子（學教也）擇言以教子擇師

保以相子令吾子嗣位有文之典刑有景之教訓重之以師保加之以父兄（同宗之父兄）子皆疏之以及此難（背士之難）夫尹鐸曰思樂而喜思難而懼人之道也委土可以為師保吾何為不增（言見壘培可以戒懼足當師保何為不增）是以修之庶曰可以鑑而鳩趙宗乎（鳩安也）若罰之是罰善也罰善必賞惡臣何望矣簡子說曰微子吾幾不為人矣以免難之賞賞尹鐸（免難之賞軍賞也言見戒而懼懼則有備是為免難也）

左史倚相廷見申公子亹（子亹楚申公史老也）子亹不出左史謗

之舉伯以告舉伯楚大夫也子亹怒而出曰子無亦謂我老耄
而舍我而又謗我左史曰唯子老耄故欲見以交儆子
若子方壯能經營百事倚相將奔走承序承受事業次序於是
不給而何暇得見昔衛武公年數九十有五矣猶箴儆
於國曰自卿以下至於師長士師長大夫士眾士也苟在朝者無
謂我耄而舍我舍棄也八十曰耄必恭恪於朝朝夕以交戒我
聞一二之言必誦志而納之以訓道我言誇譽之言志記也在輿
有旅賁之規位宁有官師之典倚几有誦訓之諫誦訓工師

（所誦之諫書之於几）居寢有暬御之箴臨事有瞽史之道（事戎祀也瞽樂太師掌詔吉凶史太史也掌詔禮事）宴居有師工之誦（師樂師工瞽矇也誦謂箴諫也）史不失書矇不失誦以訓御之（御進也）於是乎作懿戒以自警也（懿詩大雅抑之篇也懿讀曰抑）及其沒也謂之叡聖武公子實不叡聖於倚相何害周書曰文王至于日中昃不皇暇食惠于小民維政之恭文王猶不敢惰今子老楚國而欲自安也（老老恃楚國也）以禦數者王將何為（禦止也數者謂箴戒誹謗也為人臣尚如此王將復何為）若常如此楚其難哉子亹懼曰老之過也（老子亹名）

乃驟見左史

鬭且廷見令尹子常（鬭且楚大夫子常子囊之孫囊瓦也）子常與之語問蓄貨聚馬歸以語其弟曰楚其亡乎不然令尹其不免乎吾見令尹令尹問蓄聚積實如餓豺狼焉殆必亡者也夫古者聚貨不妨民衣食之利聚馬不害民之財用（貨珠玉之屬自然物也）國馬足以行軍（國馬民馬也）公馬足以稱賦（公馬公之戎馬也稱舉也賦兵賦也）不是過也公貨足以賓獻（賓饗贈獻貢也）家貨足以共用（家大夫也）不是過也夫貨馬郵則闕於民（郵過也闕缺也）

民多曠則有離畔之心將何以封矣（封封國也）昔鬭子文三舍令尹（子文鬭伯比之子於菟也舍去也）無一日之積恤民故也成王聞子文之朝不及夕也於是乎每朝設脯一束糗一筐以羞子文（糗寒粥也筐器名也羞進也）至于令尹秩之（秩常也）成王每出子文之禄必逃王止而後復人謂子文曰人生求富而子逃之何也對曰夫從政者以庇民也民多曠者而我取富焉（曠空也）是勤民以自封也死無日矣我逃死非逃富也故莊王之世滅若敖氏唯子文之後在至于

令處鄖為楚良臣是不先恤民而後已之富乎令子常先大夫之後也先大夫子囊也而相楚君無令名於四方民之羸餒日日已甚四境盈壘言壘壁滿於四境之内道殣相望盜賊伺目民無所放放依也是之不恤而蓄聚不厭其速怨於民多矣速召也積貨滋多蓄怨滋厚不亡何待夫民心之慍也若防大川焉潰而所犯必大矣子常其能賢於成靈乎成不禮於穆願食熊蹯不獲而死靈王不顧於民一國弃之如遺迹焉子常為政而無禮不顧甚於成靈

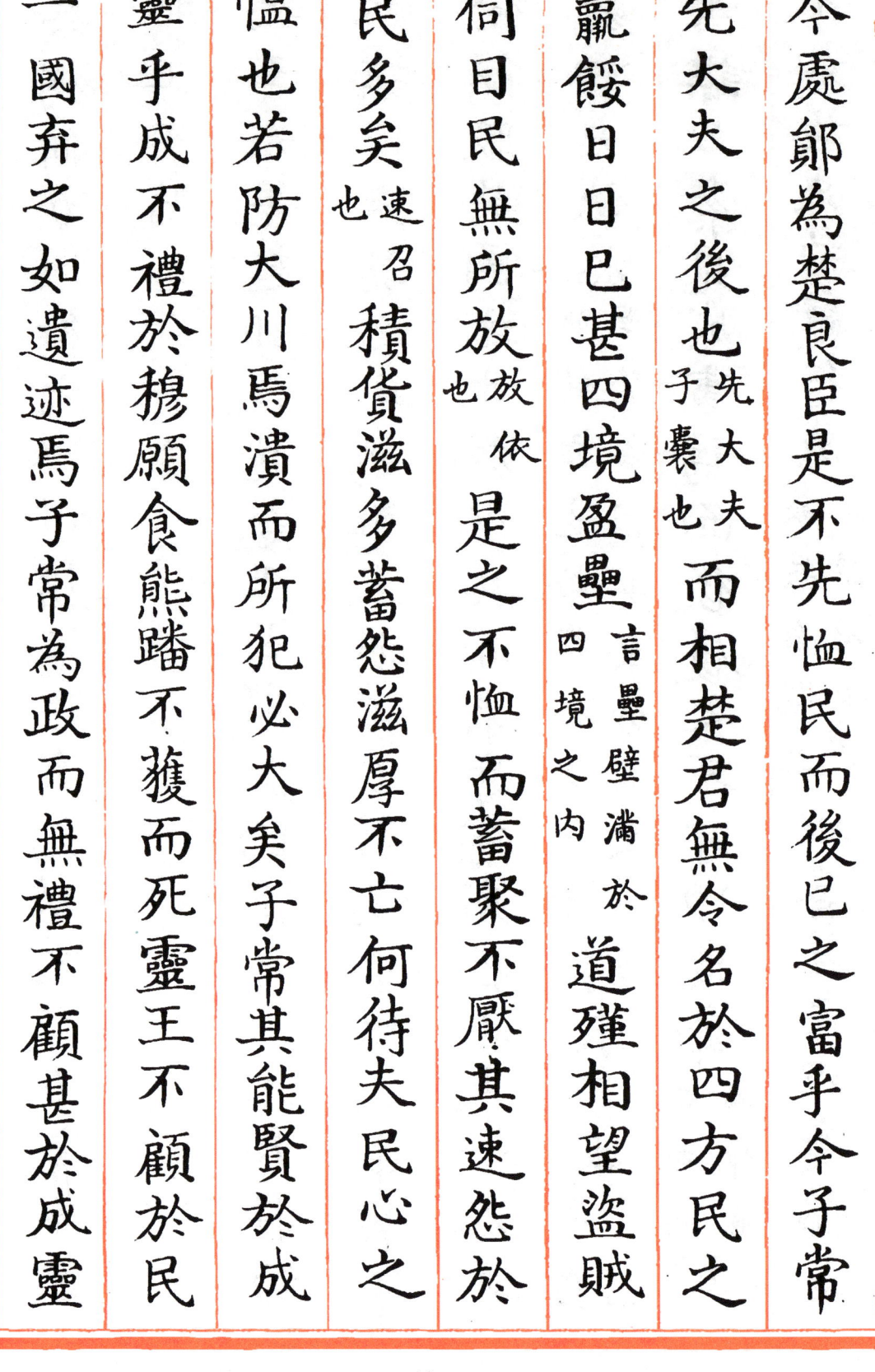

其獨何力以待之（待猶禦也）期年乃有柏舉之戰子常奔鄭

昭王奔隨

吳王夫差起師伐越越王勾踐起師逆之江大夫種乃獻謀曰夫吳之與越唯天所授王其無庸戰夫申胥華登簡服吳國之士於甲兵而未嘗有所挫也夫一人善射百夫決拾（決鉤弦也拾捍也言申胥華登善用兵衆必化之）勝未可成（成猶必也）夫謀必素見成事焉而後履之不可以授命（授命猶鬭命也）王不如設戎約辭行成（設兵自備約其辭以求平）以喜其民以廣侈吳

王之心吾以卜之於天天若棄吳必許吾成而不吾足
也（言越不足畏）將必寬然有伯諸侯之心焉既罷弊其民而
天奪之食安受其燼乃無有命矣（吳無復有天命矣）越王許諾
乃命諸稽郢行成於吳曰寡君勾踐使下臣郢不敢顯
然布幣行禮敢私告於下執事曰昔者越國見禍得罪
於天王（見禍於天得罪謂傷闔廬也言天王尊之以名）天王親趨玉趾以心孤
勾踐（孤弃也）而又宥赦之君王之於越也緊起死人而肉
白骨也（緊是也）孤不敢忘天災其敢忘君王之大賜乎今

勾踐申禍無良申重也良善也草鄙之人敢忘天王之大德而思邉垂之小怨以重得罪於下執事勾踐用帥二三之老親委重罪頓顙於邉今君王不察盛怒屬兵將殘伐越國越國固貢獻之邑也君王乃不以鞭箠使之而辱軍士使冦令焉若禦冦之號令勾踐請盟一介嫡女執箕箒以晐姓於王宫一介一人晐備姓庶姓也曲禮曰納女於天子曰備百姓一介嫡男奉槃匜以隨諸御御近臣宦豎之屬春秋貢獻不解於王府天王豈辱裁之亦征諸侯之禮也征稅也此亦天子征稅諸侯之禮夫諺曰狐

埋之而狐搰之是以無成功（搰發也）今天王既封殖越國

以明聞於天下（言天下備聞）而又刈亡之是天王之無成勞

也雖四方之諸侯則何實以事吳敢使下臣盡辭唯天

王秉利度義焉吳王夫差乃告諸大夫曰孤將有大志

於齊吾將許越成而無拂吾慮若越既改吾又何求若

其不改反行吾振旅焉（伐齊反振旅而討之）申胥諫曰不可許也

夫越非實忠心好吳也又非懾畏吾甲兵之強也大夫

種勇而善謀將還玩吳國於股掌之上以得其志（還轉也）

夫固知君王之蓋威以好勝也（蓋猶尚也）故婉約其辭以從逸王志使淫樂於諸夏之國以自傷也使吾甲兵頓弊民人離落而日以憔悴然後安受吾燼夫越王好信以愛民四方歸之年穀時熟日長炎炎及吾猶可以戰也為虺弗摧為蛇將若何（虺小蛇大）吳王曰大夫奚隆於越（隆盛也）越曾足以為大虞乎若無越則吾何以春秋曜吾軍士乃許之成將盟越王又使諸稽郢辭曰以盟為有益乎前盟口血未乾足以結信矣以盟為無益乎君王舍

甲兵之威以臨使之而胡重於鬼神而自輕也吳王乃許之荒成不盟荒空也

孫子

孫子曰凡先處戰地而待敵者佚後處戰地而趨敵者勞故善戰者致人而不致於人能使敵人自致者利之也能使敵人不得至者害之也故敵佚能勞之飽能饑之安能動之出其所不趨趨其所不意行千里而不勞者行於無人之地也攻而必取者攻其所不守也守而

必固者守其所不攻也故善攻者敵不知其所守善守者敵不知其所攻微乎微乎至於無形神乎神乎至於無聲故能為敵之司命進而不可禦者衝其虚也退而不可追者速而不可及也故我欲戰敵雖高壘深溝不得不與我戰者攻其所必救也我不欲戰雖畫地而守之敵不得與我戰者乖其所之也故形人而我無形則我專而敵分我專為一敵分為十是以十攻其一也則我衆敵寡能以衆擊寡則吾之所與戰者約矣吾所與

戰之地不可知不可知則敵所備者多敵所備者多則
吾所與戰者寡矣故備前則後寡備後則前寡備左則
右寡備右則左寡無所不備則無所不寡寡者備人者
也眾者使人備已者也故知戰之地知戰之日則可千
里而會戰不知戰地不知戰日則左不能救右右不能
救左前不能救後後不能救前而況遠者數十里近者
數里乎以吾度之越人之兵雖多亦奚益於勝哉故曰
為也敵雖眾可使無鬬故策之而知得失之計作之而

知動靜之理形之而知死生之地角之而知有餘不足之處故形兵之極至於無形無形則深間不能窺智者不能謀因形而措勝於衆衆不能知人皆知我所以勝之形而莫知吾所以制勝之形故其戰勝不復而應形於無窮夫兵形象水水之形避高而趨下兵之形避實而擊虛水因地而制流兵因敵而制勝故兵無常勢水無常形能因敵變化而取勝者謂之神故五行無常勝四時無常位日有短長月有死生

列子

子列子曰天地無全功聖人無全能萬物無全用故天
職生覆地職形載聖職教化物職所宜然則天有所短
地有所長聖有所否物有所通何則生覆者不能形載
形載者不能教化教化者不能違所宜宜定者不出所
位故天地之道非陰則陽聖人之教非仁則義萬物之
宜非柔則剛此皆隨所宜而不能出所位者也故有生
者有生生者有形者有形形者有聲者有聲聲者有色

者有色色者有味味者有味味者生之所生者死矣而生生者未嘗終形之所形者實矣而形形者未嘗有聲之所聲者聞矣而聲聲者未嘗發色之所色者彰矣而色色者未嘗顯味之所味者嘗矣而味味者未嘗呈皆無為之職也能陰能陽能柔能剛能短能長能圓能方能生能死能暑能凉能浮能沈能宫能商能出能沒能玄能黄能甘能苦能羶能香無知也無能也而無不知也而無不能也

造父之師曰泰豆氏造父之始從習御也執禮甚卑泰
豆三年不告造父執禮愈謹乃告之曰古詩言良弓之
子必先為箕良冶之子必先為裘女先觀吾趣趣如吾
然後六轡可持六馬可御造父曰唯命所從泰豆乃立
木為塗僅可容足計步而置履之而行趣走往還無跌
失也造父學之三日盡其巧泰豆歎曰子何其敏也得
之捷乎凡所御者亦如此也曩汝之行得之於足應之
於心推於御也齊輯乎轡銜之際而急緩乎唇吻之和

正度乎胷臆之中而執節乎掌握之間内得於中心而外合於馬志是故能進退履繩墨而旋曲中規矩取道致遠而氣力有餘誠得其術也得之於銜應之於轡得之於轡應之於手得之於手應之於心則不以目視不以策驅心閑體正六轡不亂而二十四蹄所投無差迴旋進退莫不中節然後輿輪之外可使無餘轍馬蹄之外可使無餘地未嘗覺山谷之險原隰之夷視之一也吾術窮矣汝其識之

莊子

庖丁為文惠君解牛手之所解肩之所倚足之所履膝之所踦砉然嚮然奏刀騞然莫不中音合於桑林之舞乃中經首之會（經首樂章名）文惠君曰譆善哉技蓋至此乎庖丁釋刀對曰臣之所好者道也進乎技矣始臣之解牛之時所見無非牛者三年之後未嘗見全牛也（但見其理閒也）方今之時臣以神遇而不以目視（暗與理會）官知止而神欲行（司察之官廢縱心而順理）依乎天理（不橫截也）批大郤（有際之處因而批之令離）

妙絕古今

導大窾（節解窾空就導令殊）因其固然技經肯綮之未嘗（游刃於空未嘗）經於微礙也肯着骨肉也綮結處也）而況大軱乎（軱戾大骨衄刀刃也）良庖歲更刀割也族庖月更刀折也今臣之刀十九年矣所解數千牛矣而刀刃若新發於硎（硎砥石也）彼節也有間而刀刃者無厚以無厚入有間恢恢乎其於遊刃必有餘地矣是以十九年而刀刃若新發於硎雖然每至於族（交錯聚結為族）吾見其難為怵然為戒視為止行為遲（徐其手也）動刀甚微謋然已解如土委地提刀而立為之四顧為之躊躇滿

志善刀而藏之文惠君曰善哉吾聞庖丁之言得養生
焉
天道運而無所積故萬物成帝道運而無所積故天下
歸聖道運而無所積故海內服明於天通於聖六通四
辟於帝王之德者其自為也昧然無不靜者矣聖人之
靜也非曰靜也善故靜也萬物無足以撓心者故靜也
水靜則明燭鬚眉平中准大匠取法焉水靜猶明而况
精神聖人之心靜乎天地之鑒也萬物之鏡也夫虛靜

恬淡寂寞無為者天地之平而道德之至故帝王聖人休焉休則虛虛則實實者倫矣虛則靜靜則動動則得矣靜則無為無為也則任事者責矣無為則俞俞俞俞者憂患不能處年壽長矣夫虛靜恬淡寂寞無為者萬物之本也明此以南鄉堯之為君也明此以北面舜之為臣也以此處上帝王天子之德也以此處下玄聖素王之道也以此退居而閒游江海山林之士服以此進為而撫世則功大名顯而天下一也靜而聖動而王無

為也而尊樸素而天下莫能與之爭矣夫明白於天地
之德者此之為大本大宗與天和者也所以均調天下
與人和者也與人和者謂之人樂與天和者謂之天樂
莊子曰吾師乎吾師乎整萬物而不為戾澤及萬世而
不為仁長於上古而不為壽覆載天地刻彫衆形而不
為巧此之謂天樂故曰知天樂者其生也天行其死也
物化靜而與陰同德動而與陽同波故知天樂者無天
怨無人非無物累無鬼責故曰其動也天其靜也地一

心定而王天下其鬼不祟其魂不疲一心定而萬物服
言以虛靜推於天地通於萬物此之謂天樂天樂者聖
人之心以畜天下也夫帝王之德以天地為宗以道德
為主以無為為常無為也則用天下而有餘有為也則
為天下用而不足故古之人貴夫無為也上無為也下
亦無為也是下與上同德下與上同德則不臣下有為也
上亦有為也是上與下同道上與下同道則不主上必無
為而用天下下必有為為天下用此不易之道也故古

之王天下者智雖落天地不自慮也辯雖彫萬物不自
說也能雖窮海內不自為也天不產而萬物化地不長
而萬物育帝王無為而天下功故曰莫神於天莫富於
地莫大於帝王故曰帝王之德配天地此乘天地馳萬
物而用人羣之道也本在於上末在於下要在於主詳
在於臣三軍五兵之運德之末也賞罰利害五刑之辟教
之末也禮法度數刑名比詳治之末也鐘鼓之音羽旄
之容樂之末也哭泣衰絰隆殺之服哀之末也此五末

者須精神之運心術之動然後從之者也末學者古人有之而非所以先也君先而臣從父先而子從兄先而弟從長先而少從男先而女從夫先而婦從夫尊卑先後天地之行也故聖人取象焉天尊地卑神明之位也春夏先秋冬後四時之序也萬物化作萌區有狀盛衰之殺變化之流也夫天地至神而有尊卑先後之序而況人道乎宗廟尚親朝廷尚尊鄉黨尚齒行事尚賢大道之序也語道而非其序者非其道也語道而非其道

者安取道是故古之明大道者先明天而道德次之道德已明而仁義次之仁義已明而分守次之分守已明而形名次之形名已明而因任次之因任已明而原省次之原省已明而是非次之是非已明而賞罰次之賞罰已明而愚知處宜貴賤履位仁賢不肖襲情必分其能必由其名以此事上以此畜下以此治物以此脩身知謀不用必歸其天此之謂太平治之至也故書曰有形有名形名者古人有之而非所以先也古之語大道

妙絕古今

者五變而形名可舉九變而賞罰可言也驟而語形名
不知其本也驟而語賞罰不知其始也倒道而言迕道
而說者人之所治也安能治人驟而語形名賞罰此有
知治之具非知治之道可用於天下不足以用于天下此
之謂辯士一曲之人也禮法數度形名比詳古人有之
此下之所以事上非上之所以畜下也昔者舜問於堯
曰天王之用心何如堯曰吾不敖無告不廢窮民苦死
者嘉孺子而哀婦人此吾所以用心也舜曰美則美矣

而未大也堯曰然則何如舜曰天德而出寧日月照而
四時行若晝夜之有經雲行而雨施矣堯曰然則膠膠
擾擾乎自嬈有事子天之合也我人之合也夫天地者古之
所大也而黃帝堯舜之所共美也故古之王天下者奚
為哉天地而已矣
世之所貴道者書也不過語語有貴也語之所貴者意
也意有所隨意之所隨者不可以言傳也而世因貴言
傳書世雖貴之哉猶不足貴也為其貴非其貴也故視

而可見者形與色也聽而可聞者名與聲也悲夫世人
以形色名聲為足以得彼之情夫形色名聲果不足以
得彼之情則知者不言言者不知而世豈識之哉
桓公讀書於堂上輪扁斲輪於堂下釋椎鑿而上問桓公曰
敢問公之所讀為何言邪公曰聖人之言也曰聖人在
乎公曰已死矣然則君之所讀者古人之糟魄已夫桓
公曰寡人讀書輪人安得議乎有說則可無說則死輪
扁曰臣也以臣之事觀之斲輪徐則甘而不固疾則苦

而不入不徐不疾得之於手而應之於心口不能言有數存焉於其間臣不能以喻臣之子臣之子亦不能受之於臣是以行年七十而老斲輪古之人與其不可傳也死矣然則君之所讀者古人之糟魄已夫

孔子見老聃老聃新沐方將被髮而乾慹然似非人寂漠

之王孔子便而待之少焉見曰丘也眩與其信然與向者先生形體掘若槁木似遺物離人而立於獨也聃曰吾遊於物之初孔子曰何謂耶曰心困焉而不能知口辟

妙絕古今

焉而不能言嘗為汝議乎其將至陰肅肅至陽赫赫肅
肅出乎天赫赫發乎地兩者交通成和而物生焉或為
之紀而莫見其形消息滿虛一晦一明日改月化日有
所為而莫見其功生有所乎萌死有所乎歸始終相反
乎無端而莫知乎其所窮非是也且孰為之宗孔子曰
請問遊是老聃曰夫得是至美至樂也得至美而遊乎
至樂謂之至人孔子曰願聞其方曰草食之獸不疾易
藪水生之蟲不疾易水行小變而不失其大常也喜怒

哀樂不入於胷次夫天下也者萬物之所一也得其所
一而同焉則四支百體將為塵垢而死生終始將為晝
夜而莫之能滑而況得喪禍福之所介乎弃隸者若弃
泥塗知身貴於隸也貴在於我而不失於變且萬化而
未始有極也夫孰足以患心已為道者解乎此孔子曰
夫子德配天地而猶假至言以脩心古之君子孰能脫
焉老聃曰不然夫水之於汋也無為而才自然矣至人
之於德也不脩而物不能離焉若天之自高地之自厚

日月之自明夫何脩焉孔子出以告顏回曰丘之於道也其猶醯雞與微夫子之發吾覆也吾不知天地之大全也

天下之治方術者多矣皆以其有為不可加矣古之所謂道術者果惡乎在曰無乎不在曰神何由降明何由出聖有所生王有所成皆原於一不離於宗謂之天人不離於精謂之神人不離於真謂之至人以天為宗以德為本以道為門兆於變化謂之聖人以仁為恩以義

為理以禮為行以樂為和薰然慈仁為之君子以法為分以
名為表以參為驗以稽為決其數一二三四是也百官以此
相齒以事為常以衣食為主蕃息蓄藏老弱孤寡為意皆
有以養民之理也古之人其備乎配神明醇天地育萬物和
天下澤及百姓明於本數係於末度六通四辟小大精粗其
運無乎不在其明而在數度者舊法世傳之史尚多有之其
在於詩書禮樂者鄒魯之士搢紳先生多能明之詩以道志
書以道事禮以道行樂以道和易以道陰陽春秋以道名分

其數散於天下而設於中國者百家之學時或稱而道之天下大亂賢聖不明道德不一天下多得一察焉以自好譬如耳目鼻口皆有所明不能相通猶百家衆技也皆有所長時有所用雖然不該不徧一曲之士也判天地之美析萬物之理察古人之全寡能備於天地之美稱神明之容是故内聖外王之道暗而不明鬱而不發天下之人各為其欲焉以自為方悲夫百家往而不返必不合矣後世之學者不幸不見天地之純古人之大體道術將為天下裂

荀子

聖人也者道之管也天下之道管是矣百王之道一是
矣故詩書禮樂之歸是矣詩言是其志也書言是其事
也禮言是其行也樂言是其和也春秋言是其微也故
風之所以為不逐者取是以節之也小雅之所以為小
雅者取是以文之也大雅之所以為大雅者取是以光
之也頌之所以為至者取是以通之也天下之道畢矣

人之城守人之出戰而我以力勝之也則傷人之民必

甚矣傷人之民甚則人之民惡我必甚矣人之民惡我甚則日欲與我鬬人之城守人之出戰而我以力勝之則傷吾民必甚矣傷吾民甚則吾民之惡我必甚矣吾民之惡我甚則日不欲為我鬬人之民日欲與我鬬吾民日不欲為我鬬是強者之所以反弱也地來而民去累多而功少雖守者益所以守者損是以大者之所以反削也諸侯莫不懐交接怨而不忘其敵伺強大之間承強大之弊此強大之殆時也

大饗尚玄尊俎生魚先大羹貴食飲之本也饗尚玄尊而用酒醴先黍稷而飯稻粱祭齊太羹（齊讀為嚌至齒也）而飽庶羞貴本而親用也貴本之謂文親用之謂理兩者合而成文以歸夫一夫是之謂大隆故尊之尚玄酒也俎之尚生魚也豆之先大羹也一也利爵之不醮也（醮盡也祭告利成其爵不卒）成事之俎不嘗也（成事謂尸既飽禮成不嘗其俎）三臭之不食也（臭謂歆其氣皆謂禮畢無文飾復歸于朴）一也大昏之未發齊也（齊戒以告鬼神）太廟之未入尸也始卒之未小斂也一也大路之素

未集也郊之麻絻也喪服之先散麻也一也

禮者謹於治生死者也生人之始也死人之終也終始俱善人道畢矣故君子敬始而愼終終始如一是君子之道禮義之文也夫厚其生而薄其死是敬其有知而慢其無知也是姦人之道而倍叛之心也君子以倍叛之心接臧穀猶且羞之而況以事其所隆親乎故死之為道也一而不可得再復也臣之所以致重其君子之所以致重其親於是盡矣禮者謹於吉凶不相厭者也

絓纊聽息之時則夫忠臣孝子亦知其閔已然而殯斂
之具未有求也垂涕恐懼然而幸生之心未已持生之
事未輟也卒矣然後作具之故雖備家必踰日然後殯
三日而成服然後告遠者出矣備物者作矣故殯久不
過七十日速不損五十日是何也曰遠者可以至矣百
求可以得矣百事可以成矣其忠至矣其節大矣其文
備矣然後月朝卜日月夕卜宅然後葬也當是時也其
義止誰得行之其義行誰得止之故三月之葬其貌以

生設飾死者也皃象也象生之所設器用飾死者三月乃能備之也殆非直留死者以安生也是致隆思慕之義也喪禮之凡變而飾動而遠久而平故死之為道也不飾則惡惡則不哀爾則翫翫則厭厭則忘忘則不敬一朝而喪其嚴親而所以送葬之者不哀不敬則嫌於禽獸矣君子恥之故變而飾所以滅惡也動而遠所以遂敬也久而平所以優生也禮者斷長續短損有餘益不足達愛敬之文而滋成行義之美者也

君之喪所以三年何也君者治辨之主也文理之原也
情貌之盡也相率而致隆之不亦可乎詩云愷弟君子
民之父母彼君者固有為民父母之說焉父能生不能
養之母能食之不能教誨之君者已能食之又善教誨
之之者也三年畢矣哉乳母飲食之者也而三月慈母衣
被之之者也而九月君曲被之者也三年畢乎哉得之則
治失之則亂文之至也得之則安失之則危情之至也
兩至者俱積焉以三年事之猶未足也直無由進之耳

妙絶古今卷一

欽定四庫全書

妙絶古今卷二

宋 湯漢 編

國策

莊辛謂楚襄王曰君王左州侯右夏侯輦從鄢陵君與壽陵君（謂輦出則二人從之）專淫逸侈靡不顧國政郢都必危矣襄王曰先生老悖乎將以為楚國妖祥乎莊辛曰臣誠見其必然者也非敢以為國妖祥也君王卒幸四子者

不哀楚國必亡矣臣請避於趙淹留以觀之莊辛去之趙五月秦果舉鄢郢巫上蔡陳之地襄王流揜於城陽（流謂走揜覆也謂自匿）於是使人發騶徵莊辛於趙莊辛曰諾莊辛至襄王曰寡人不能用先生之言今事至於此為之柰何莊辛對曰臣聞鄙語曰見兎而顧犬未為晚也亡羊而補牢未為遲也臣聞昔湯武以百里昌桀紂以天下亡今楚國雖小絶長續短猶以數千里豈特百里哉王獨不見夫蜻蛉乎六足四翼飛翔乎天地之間俛

啄蚊虻而食之仰承甘露而飲之自以為無患與人無

爭也不知夫五尺童子方將調飴膠絲加己乎四仞之上而

下為螻蟻食也夫蜻蛉其小者也黃雀因是以俯噣白粒仰

棲茂樹鼓翅奮翼自以為無患與人無爭也不知夫公子王

孫左挾彈右攝丸將加己乎十仞之上以其類為招晝游乎

茂樹夕調乎酸醎倏忽之間隊於公子之手夫黃雀其小者

也黃鵠因是以遊乎江湖淹乎大沼俯噣鰋鯉仰嚙蔆

衡奮其六翮而凌清風飄摇乎高翔自以為無患與人

無爭也不知夫射者方將修其碆盧治其繒繳將加己乎百仞之上被劚磻引微繳折清風而隕矣故晝遊乎江河夕調乎鼎鼐夫黃鵠其小者也蔡靈侯之事因是以（新序作故是也）南遊乎高陂北陵乎巫山飲茹溪之流（續後語飯茹溪之疏注云茹溪巫山之溪）食湘陂之魚左抱幼妾右擁嬖女與之馳騁乎高蔡之中而不以國家為事不知夫子發方受命乎靈王繫己以朱絲而見之也（楚子誘靈侯殺之于申）蔡靈侯之事其小者也君王之事因是以左州侯右夏侯輦從

鄢陵君與壽陵君飯封祿之粟而載方府之金與之馳騁乎雲夢之中而不以天下國家為事不知夫穰侯方受命乎秦王填黽塞之內而投已乎黽塞之外填兵滿也江夏有鄳即魏策鄳隘之塞襄王聞之顏色變作身體戰慄於是乃以執珪而授之為陽陵君而用計焉與舉淮北之地十二諸侯以新序參　鮑彪云此策天下之善規也襄王雖失之東隅而收之桑榆故其季年保境善鄰差為無事此策為有力焉

李漢老有記文放此體

史記

夫學者載籍極博猶考信於六藝詩書雖缺然虞夏之
文可知也堯將遜位讓於虞舜舜禹之間岳牧咸薦乃
試之於位典職數十年功用既興然後授政示天下重
器王者大統傳天下若斯之難也而說者曰堯讓天下
於許由許由不受恥之逃隱及夏之時有卞隨務光者
此何以稱焉太史公曰余登箕山其上蓋有許由冢云
孔子序列古之仁聖賢人如吳太伯伯夷之論詳矣余
以所聞由光義至高其文辭不少概見何哉孔子曰伯

夷叔齊不念舊惡怨是用希求仁得仁又何怨乎余悲
伯夷之意睹軼詩可異焉其傳曰伯夷叔齊孤竹君之
二子也父欲立叔齊及父卒叔齊讓伯夷伯夷曰父命
也遂逃去叔齊亦不肯立而逃之國人立其中子於是
伯夷叔齊聞西伯昌善養老盍往歸焉及至西伯卒武
王載木主號為文王東伐紂伯夷叔齊叩馬而諫曰父
死不葬爰及干戈可謂孝乎以臣弑君可謂仁乎左右
欲兵之太公曰此義人也扶而去之武王已平殷亂天

下宗周而伯夷叔齊恥之義不食周粟隱於首陽山采
薇而食之及餓且死作歌其辭曰登彼西山兮采其薇
矣以暴易暴兮不知其非矣神農虞夏忽焉沒兮我安
適歸矣于嗟徂兮命之衰矣遂餓死於首陽山由此觀
之怨邪非邪或曰天道無親常與善人若伯夷叔齊可
謂善人者非邪積仁潔行如此而餓死且七十子之徒仲
尼獨薦顏淵為好學然回也屢空糟糠不厭而卒蚤夭
天之報施善人其何如哉盜跖日殺不辜肝人之肉暴

戾恣睢聚黨數千人橫行天下竟以壽終是遵何德哉
此其尤大彰明較著者也若至近世操行不軌專犯忌
諱而終身逸樂富厚累世不絕或擇地而蹈之時然後出
言行不由逕非公正不發憤而遇禍災者不可勝數也
余甚惑焉儻所謂天道是邪非邪子曰道不同不相為
謀亦各從其志也故曰富貴如可求雖執鞭之士吾亦
為之如不可求從吾所好歲寒然後知松柏之後彫舉
世混濁清士乃見豈以其重若彼其輕若此哉君子疾

沒世而名不稱焉賈子曰貪夫狥財烈士徇名夸者死權衆庶馮生同明相照同類相求雲從龍風從虎聖人作而萬物覩伯夷叔齊雖賢得夫子而名益彰顔淵雖篤學附驥尾而行益顯巖穴之士趨舍有時若此類名堙滅而不稱悲夫閭巷之人欲砥行立名者非附青雲之士惡能施於後世哉朱文公嘗曰孔子言伯夷求仁得仁又何怨據史遷一傳却是伯夷滿腹皆怨矣又云伯夷當時何曾指擬仲尼來發揮他耶　太史遠遊先生又嘗論之曰學者載籍極博猶考信於六藝言衆言殽亂折衷於聖人也詩書雖闕然虞夏之文可知堯舜禹之相授傳天下若斯之難而

說者乃有許由務光等事此何以稱焉疑之也余登箕山乃有許由塚則信然矣孔子序列古之仁聖賢人如太伯伯夷詳矣由光義至高而文辭不少概見此太史所為深惜之也蓋其馳騁上下數千載欲求一節義最高者嚴立於其首有讓國之高節如由光而不見述於聖人是以無傳此伯夷傳之所以作也孔子言伯夷叔齊怨是用希求仁得仁又何怨余悲其意睹軼詩可異焉觀采薇之詩則疑於怨矣敘其事述其歌申之曰怨耶非耶其末雜引經傳之文而卒歸之伯夷叔齊雖賢得夫子而名益彰顏淵雖篤學附驥尾而行益顯閭巷之人欲砥行立名非附青雲之士惡能施於後世又所以深悲由光之無傳而喜伯夷之遇夫子也要其歸則不出最初兩語載籍極博考信

六藝而已孰謂子長愛奇哉

屈原者名平楚子同姓也為楚懷王左徒博聞彊志明

於治亂嫻於辭令入則與王圖議國事以出號令出則接遇賔客應對諸侯王甚任之上官大夫與之同列爭寵而心害其能懷王使屈原造為憲令屈平屬草稾而未定上官大夫見而欲奪之屈平不與因讒之曰王使屈平為令衆莫不知每一令出平伐其功曰以為非我莫能為也王怒而疏屈平屈平疾王聽之不聰也讒諂之蔽明也邪曲之害公也方正之不容也故憂愁幽思而作離騷離騷者猶離憂也夫天者人之始也父母者人

之本也人窮則反本故勞苦倦極未嘗不呼天也疾痛慘怛未嘗不呼父母也屈平正道直行竭忠盡智以事其君讒人間之可謂窮矣信而見疑忠而被謗能無怨乎屈平之作離騷蓋自怨生也國風好色而不淫小雅怨誹而不亂若離騷者可謂兼之矣上稱帝嚳下道齊桓中述湯武以刺世事明道德之廣崇治亂之條貫靡不畢見其文約其辭微其志潔其行廉其稱文小而其指極大舉類邇而見義遠其志潔故其稱物芳其行廉

故死而不容自踈濯淖汙泥之中蟬蜕於濁穢以浮游塵埃之外不獲世之滋垢皭然泥音涅而不滓者也推此志也雖與日月爭光可也

燕惠王悔使騎刧代樂毅以故破軍亡將失齊又怨樂毅之降趙恐趙用樂毅而乘燕之敝以伐燕燕惠王乃使人讓樂毅且謝之曰先王舉國而委將軍將軍為燕破齊報先王之讎天下莫不震動寡人豈敢一日而忘將軍之功哉會先王棄羣臣寡人新即位左右誤寡人

寡人之使騎劫代將軍為將軍久暴露於外故召將軍且休計事將軍過聽以與寡人有隙遂捐燕歸趙將軍自為計則可矣而亦何以報先王之所以遇將軍之意乎樂毅報遺燕惠王書曰臣不佞不能奉承王命以順左右之心恐抵斧質之罪以傷先王之明有害足下之義故遁逃走趙今足下使人數之以罪臣恐侍御者不察先王之所以畜幸臣之理又不白臣之所以事先王之心故敢以書對臣聞賢聖之君不以祿私其親功多

者授之不以官隨其愛能當者處之故察能而授官者
成功之君也論行而結交者立名之士也臣竊觀先王
之舉錯有高世之心故假節於魏以身得察於燕先王
過舉擢之賓客之中立之羣臣之上不謀父兄以為亞
卿臣竊不自知自以為奉令承教可幸無罪故受令而
不辭先王命之曰我有積怨深怒於齊不量輕弱而欲
以齊為事臣曰夫齊霸國之餘業而驟勝（史作冣勝）之遺事
也練於甲兵習於戰攻王若欲伐之必與天下圖之與

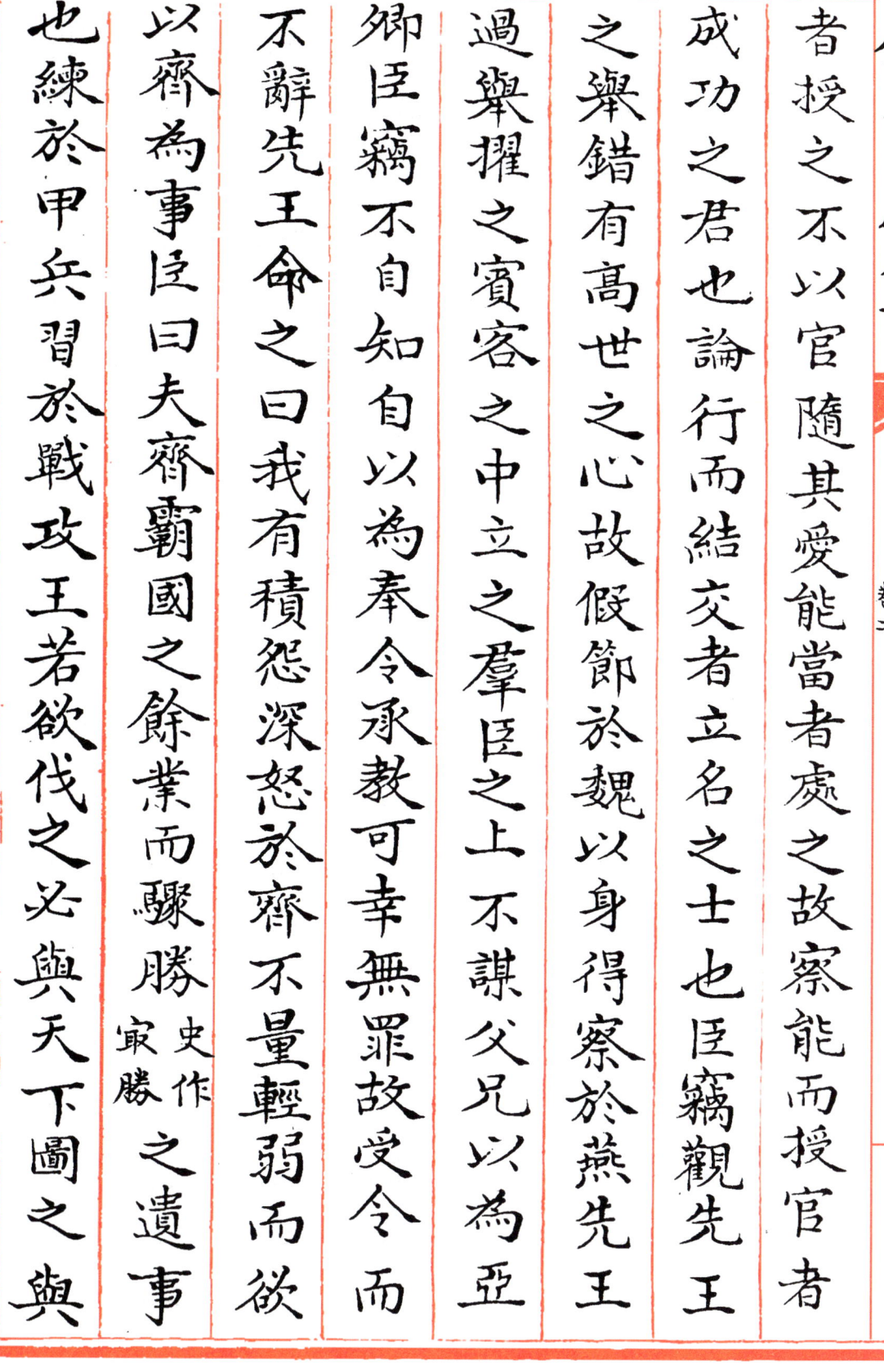

天下圖之莫若結於趙且又淮北宋地楚魏之所欲也趙若許而約四國攻之齊可大破也先王以為然具符節南使臣於趙顧反命起兵擊齊以天之道先王之靈河北之地隨先王而舉之濟上濟上之軍受命擊齊大敗齊人輕卒銳兵長驅至國齊王遁而走莒僅以身免珠玉財寶車甲珍器盡收入于燕齊器設於寧臺（燕臺）大呂陳於元英（大呂齊鐘 元英燕殿）故鼎反乎磨室（燕鼎前輸於齊 今復反國策作歷室）薊丘之植植於汶篁（竹田曰篁移燕薊丘所植植於汶篁）自五伯以來

功未有及先王者也先王以為慊（慊作㱏）於志故裂地而封之使得比小國諸侯臣竊不自知自以為奉命承教可幸無罪是以受命不辭臣聞賢聖之君功立而不廢故著於春秋蚤知之士名成而不毀故稱於後世若先王之報怨雪耻夷萬乘之强國收八百歲之蓄積及至弃羣臣之日餘教未衰執政任事之臣修灋令慎庶孽施及乎萌隸皆可以教後世臣聞之善作者不必善成善始者不必善終昔伍子胥說聽於闔閭而吳王遠迹

至郢夫差弗是也賜之鴟夷而浮之江吴王不寤先論
之可以立功故沈子胥而不悔子胥不蚤見主之不同
量是以至於入江而不化夫免身全功以明先王之迹
臣之上計也離毀辱之非墮先王之名臣之所大恐也
臨不測之罪以幸爲利義之所不敢出也臣聞古之君
子交絶不出惡聲忠臣去國不潔其名臣雖不佞數奉
教於君子矣恐侍御者之親左右之説不察疏遠之行
故敢獻書以聞惟君王之留意焉 以國策參

妙絶古今　十

楚人有好以弱弓微繳加歸鴈之上者頃襄王聞召而問之對曰小臣之好射鶀鴈羅鸗（鸗野鳥也音龍　鶀音其小鴈也）小矢之發也何足為大王道也且稱楚之大因大王之賢所弋非直此也昔者三王以弋道德五霸以弋戰國故秦魏燕齊趙者鶀鴈也齊魯韓衛者青首也（小鳧有青首者）鄒費郯邳者羅鸗也外其餘則不足射者見鳥六雙於王何取（以喻下文秦趙等十二國故云六雙）王何不以聖人為弓以勇士為繳時張而射之此六雙者可得而囊載也其樂非特朝夕

之樂也其獲非特鳧雁之實也王朝張弓而射魏之大梁之南加其右臂而徑屬之於韓則中國之路絶而上蔡之郡壞矣還射圉之東解魏左肘而外擊定陶則魏之東外棄而大宋方與二郡者舉矣且魏斷二臂顛越矣膺擊郯國大梁可得而有也王綪繳蘭臺綪縈也音爭飲馬西河定魏大梁此一發之樂也若王之於弋誠好而不厭則出寶弓碆新繳以石傅弋繳曰碆碆音波射噣鳥於東海還蓋長城以為防蜀音晝謂大鳥之有鉤喙者以比齊也蓋者覆也言射者環遶蓋覆使無飛走

之路因以長城為防也朝射東莒夕發沮邱夜加即墨顧據午道則長城之東收而太山之北舉矣西結境於趙而北達於燕三國布䏌音翅三國齊趙燕也則從不待約而可成也北遊目於燕之遼東而南登望於越之會稽此再發之樂也若夫泗上十二諸侯左縈而右拂之可一旦而盡也今秦破韓以為長憂得列城而不敢守也伐魏而無功擊趙顧病則秦魏之勇力屈矣楚之故地漢中析酈可得而復有也王出寶弓碆新繳涉鄳塞而待秦之倦也山

東河内可得而一也勞民休衆南面稱王矣故曰秦爲大鳥負海内而處東面而立左臂據趙之西南右臂傅楚鄢郢膺擊韓魏（韓魏當秦之前故云膺擊俗本作鷹非）垂頭中國（言欲吞山東）處既形便勢有地利奮翼鼓翄方三千里則秦未可得獨招而夜射也欲以激怒襄王故對以此言襄王因召與語遂言曰夫先王爲秦所欺而客死於外怨莫大焉今以匹夫有怨尚有報萬乘白公子胥是也今楚之地方五千里帶甲百萬猶足以踴躍中野也而坐受困臣竊

為大夫弗取也於是頃襄王遣使於諸侯復為從欲以伐秦
魯仲連者齊人也好奇瑋俶儻之畫策而不肯仕
宦任職好持高節游於趙趙孝成王時而秦王使
白起破趙長平之軍前後四十餘萬秦兵遂東圍邯鄲
趙王恐諸侯之救兵莫敢擊秦軍魏安釐王使將軍晉
鄙救趙畏秦止於蕩陰不進魏王使客將軍新垣衍閒
入邯鄲因平原君謂趙王曰秦所為急圍趙者前與齊
湣王爭強為帝已而復歸帝今齊湣王已益弱方今唯

秦雄天下此非必貪邯鄲其意欲復求為帝趙誠發使
尊秦昭王為帝秦必喜罷兵去平原君猶豫未有所決
此時魯仲連適游趙會秦圍趙聞魏將欲令趙尊秦為
帝乃見平原君曰事將奈何平原君曰勝也何敢言事
前亡四十萬之衆於外今又内圍邯鄲而不能去魏王
使客將軍新垣衍令趙帝秦今其人在是勝也何敢言
事魯仲連曰吾始以君為天下之賢公子也吾乃今然
後知君非天下之賢公子也梁客新垣衍安在吾請為

君責而歸之平原君曰勝請為紹介而見之於先生平原君遂見新垣衍曰東國有魯仲連先生者今其人在此勝請為紹介交之於將軍新垣衍曰吾聞魯仲連先生齊國之高士也衍人臣也使事有職吾不願見魯仲連先生平原君曰勝既已泄之矣新垣衍許諾魯連見新垣衍而無言新垣衍曰吾視居此圍城之中者皆有求於平原君者也今吾觀先生之玉貌非有求於平原君者也曷為久居此圍城之中而不去魯仲連曰世以

鮑焦為無從頌音從容而死者皆非也衆人不知則為一
身彼秦者棄禮義而上首功之國也權使其士虜使其
民彼其肆然而為帝過而為政于天下則連有蹈東海
而死耳吾不忍為之民也所為見將軍者欲以助趙也
新垣衍曰先生助之將奈何魯連曰吾將使梁及燕助
之齊楚則固助之矣新垣衍曰燕則吾請以從矣若乃
梁者則吾乃梁人也先生惡能使梁助之魯連曰梁未
睹秦稱帝之害故耳使梁睹秦稱帝之害則必助趙矣

新垣衍曰秦稱帝之害何如魯連曰昔者齊威王嘗為
仁義矣率天下諸侯而朝周周貧且微諸侯莫朝而齊
獨朝之居歲餘周烈王崩齊後往周怒赴于齊曰天崩
地拆天子下席寢苫東藩之臣嬰齊後至則斮齊威王勃
然怒曰叱嗟而母婢也卒為天下笑故生則朝周死則
叱之誠不忍其求也彼天子固然其無足怪新垣衍曰
先王獨不見夫僕乎十人而從一人者寧力不勝而智
不若耶畏之也魯仲連曰嗚呼梁之比於秦若僕耶新

垣衍曰然魯仲連曰吾將使秦王烹醢梁王新垣衍快
然不悅曰噫嘻亦太甚矣先生之言也先生又惡能使
秦王烹醢梁王魯仲連曰固也吾將言之昔者九侯鄂
侯文王紂之三公也九侯有子而好獻之於紂紂以為
惡醢九侯鄂侯爭之強辨之疾故脯鄂侯文王聞之喟
然而歎故拘之羑里之庫百日欲令之死曷為與人俱
稱王卒就脯醢之地齊湣王將之魯夷維子為執策而
從謂魯人曰子將何以待吾君魯人曰吾將以十太牢

待子之君夷維子曰子安取禮而來待吾君彼吾君者天子也天子巡狩諸侯辟舍納筦籥攝衽抱机視膳於堂下天子已食乃退而聽朝也魯人投其籥（謂閉外門）不果納不得入於魯將之薛假途于鄒當是時鄒君死湣王欲入吊夷維子謂鄒之孤曰天子吊主人必將倍殯棺（倍音陪）（佩謂不在殯東背其棺立西階上）設北面於南方然後天子南面吊也鄒之群臣曰必若此吾將伏劍而死固不敢入於鄒鄒魯之臣生則不得事養死則不得賻襚然且欲行天子

之禮於魯傳鄒魯之臣不果納言時君弱臣強故鄒魯之臣生死雖不得盡禮也然猶能不納齊也今秦萬乘之國也梁亦萬乘之國也據萬乘之國各有稱王之名睹其一戰而勝欲從而帝之是使三晉之大臣不如鄒魯之僕妾也且秦無已而帝則且變易諸侯之大臣彼將奪其所不肖而與其所賢奪其所憎而與其所愛彼又將使其子女讒妾為諸侯妃姬處梁之宮梁王安得晏然而已乎而將軍又何以得故寵乎於是新垣衍起再拜謝曰始以先生為庸人吾乃今

曰知先生為天下之士也吾請出不敢復言帝秦秦將聞之為却軍五十里適會魏公子無忌奪晉鄙軍以救趙擊秦軍秦軍遂引而去於是平原君欲封魯連魯連辭讓使者三終不肯受平原君乃置酒酒酣起前以千金為魯連壽魯連笑曰所謂貴于天下之士者為人排患釋難解紛亂而無取也即有取者是商賈之事也仲連不忍為也遂辭平原君而去終身不復見以戰國策參修

安釐王十二年齊楚攻魏秦昭王發兵救魏魏氏復定

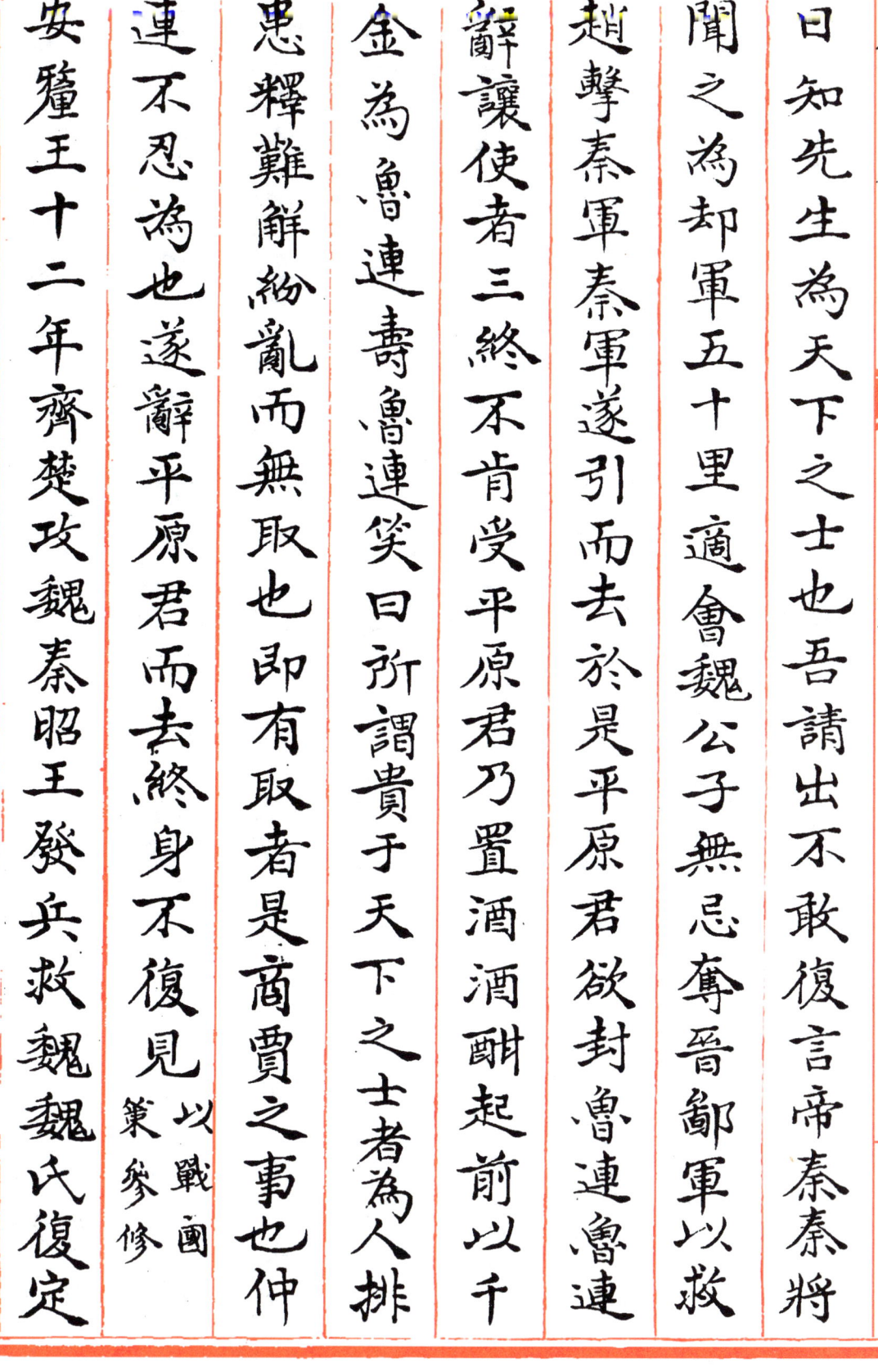

魏王以秦救之故欲親秦而伐韓以求故地公子無忌
謂魏王曰秦與戎翟同俗有虎狼之心貪戾好利無信
不識禮義德行苟有利焉不顧親戚兄弟若禽獸耳此天
下之所識也非有所施厚積德也故太后母也而以之
憂死穰侯舅也功莫大焉而竟逐之兩弟無罪而再奪
之國此於親戚若此而況於仇讎之國乎今王與秦共
伐韓而益近秦患臣甚惑之而王不識則不明群臣莫
以聞則不忠今韓氏以一女子奉一弱主内有大亂（呂氏）

曰韓世家不載其事必是時韓王少母后用事外交強秦魏之兵王以為不亡乎韓亡秦有鄭地與大梁隣王以為安乎王欲得故地今負強秦之親王以為利乎秦非無事之國也韓亡之後必將更事更事必就易與利就易與利必不伐楚與趙矣是何也夫越山踰河絶上黨而攻強趙是復得閼與之事四十五年趙奢敗秦閼與秦必不為也若道河内倍鄴朝歌絶漳滏水與趙兵決於邯鄲之郊是知伯之禍也秦又不敢伐楚道涉山谷行三千里而攻冥阸之塞括地志云石城

(山在申州鍾山縣東南共一里攻冥阨即此山申州今信陽軍)所行甚遠所攻甚難秦又不為也若道河外倍大梁右蔡左召陵(徐廣云一無左字)與楚兵決於陳郊秦又不敢故曰秦必不伐楚與趙矣又不攻衛與齊矣夫韓亡之後兵出之日非魏無攻已秦固有懷茅邢丘城垝津以臨河內河內共汲必危(索隱曰皆縣名屬河內)秦有鄭地得垣雍決熒澤水灌大梁大梁必亡王之使者大過而惡安陵氏於秦(呂氏按戰國策安陵君曰吾先君成侯受詔襄王以守此地蓋安陵趙襄子所封其後遂別為小國附庸於魏今魏反令使者譖之於秦也古史云魏襄

王所封秦之欲誅之久矣秦葉陽昆陽與舞陽隣聽使者之惡之隨安陵氏而亡之繞舞之北以東臨許南國必危矣南國雖無危正義曰在魏之南故曰南國則魏國豈得安哉夫憎韓不愛安陵氏可也夫不患秦之不愛南國非也呂曰秦得南國則諸侯之勢危矣魏不可以為非己地而不恤也異日者秦在河西晉國之去梁也千里有河山以闌之有周韓以閒之從林鄉軍以至于今呂曰自秦伐林鄉以來以至于今也秦七攻魏五入囿中索隱曰囿即圃田圃田鄭藪屬魏戰國策作國中邊城盡拔文臺墮垂都焚林木

伐麋鹿盡而國繼以圍（吕曰赧王四十年穰侯遂圍大梁）又長驅梁北東至陶衛之郊（吕曰陶即穰侯所封）北至平監（平即兖州平陸縣監即故闞城在平陸縣西南）所亡於秦者山南山北河外河內大縣數十名都數百秦乃在河西晉去梁千里而禍若是矣又況於使秦無韓有鄭地無河山而闌之無周韓而閒之去大梁百里禍必百此矣異日者從之不成也楚魏疑而韓不可得也今韓受兵三年秦撓之以講韓知亡猶不聽投質於趙請為天下鴈行頓刃楚趙必集兵皆識秦之欲

妙絕古今　十九

無窮也非盡亡天下之國而臣海内必不休矣是故臣願以從事乎王（謂合從事王也）王速受楚趙之約而挾韓之質以存韓而求故地韓必效之此士民不勞而故地得其功多於與秦共伐韓而又與強秦鄰之禍也夫存韓安魏而利天下此亦王之天時也通韓上黨於共甯使道安城（國策作使道路已通 呂曰是時秦欲取韓上黨故蚕食其地使與韓國中絶故信陵君勸魏假道使韓得與上黨往來豈專為韓而已哉韓不失上黨則三晉之勢猶完也）因而關之出入者賦之是魏重質韓以其上黨也今有其賦足以富國韓

必德魏愛魏重魏畏魏韓必不敢反魏是韓則魏之縣也魏得韓以為縣衛大梁河外必安矣今不存韓二周安陵必危楚趙大破衛齊甚畏天下西鄉而馳秦入朝而為臣不久矣以戰國策參修　東萊呂氏曰信陵之言深切綜練識天下之大勢使魏王能用其計糾率楚趙竭力以助韓則韓不至於失上黨趙不至於敗長平六國亦不至為秦所吞矣

秦既解邯鄲圍而趙王入朝使趙郝約事於秦割六縣而媾虞卿謂趙王曰秦之攻王也倦而歸乎王以其力尚能進愛王而弗攻乎王曰秦之攻我也不遺餘力矣

必以倦而歸也虞卿曰秦以其力攻其所不能取倦而
歸王又以其力之所不能取以送之是取秦自攻也來
年秦復攻王王無救矣王以虞卿之言告趙郝趙郝曰
虞卿誠能盡秦力之所至乎誠不知秦力之所不能進此
彈丸之地弗與令秦來年復攻王得無割其内而媾
乎王曰請聽子割矣能必使來年秦之不復攻我者乎
趙郝對曰此非臣之所敢任也他日三晉之交於秦相
善也今秦善韓魏而攻王王之所以事秦必不如韓魏

也今臣為足下解負親之攻開關通幣齊交韓魏至來年而王獨取攻於秦此王之所以事秦必在韓魏之後也此非臣之所敢任也王以告虞卿虞卿對曰郝言不媾來年秦復攻王王得無割其內而媾乎今媾郝又以不能必秦之不復攻也今雖割六城何益來年復攻又割其力之所不能取而媾此自盡之術也不如無媾秦雖善攻不能取六縣趙雖不能守終不失六城且秦倦而歸兵必罷我以六城收天下以攻罷秦是我失之於

天下而取償於秦也吾國尚利孰與坐而割地自弱以強秦哉今郝曰秦善韓魏而攻趙者必以為韓魏不救趙也而王之軍必孤又以王之事秦不如韓魏也是使王歲以六城事秦也即坐而城盡來年秦復求割地王將與之乎弗與是棄前功而挑秦禍也與之則無地而給之語曰強者善攻弱者不能守今坐而聽秦秦兵不敝而多得地是強秦而弱趙也以益強之秦而割愈弱之趙其計故不止矣且王之地有盡而秦之求無已以

有盡之地而給無已之求其勢必無趙矣以戰國策文參修

韓信為治粟都尉上未之奇也信數與蕭何語何奇之至南鄭諸將行道亡者數十人信度何等已數言上上不我用即亡何聞信亡不及以聞自追之人有言上曰丞相何亡上大怒如失左右手居一二日何來謁上上且怒且喜罵何曰若亡何也何曰臣不敢亡也臣追亡者上曰若所追者誰何曰韓信也上復

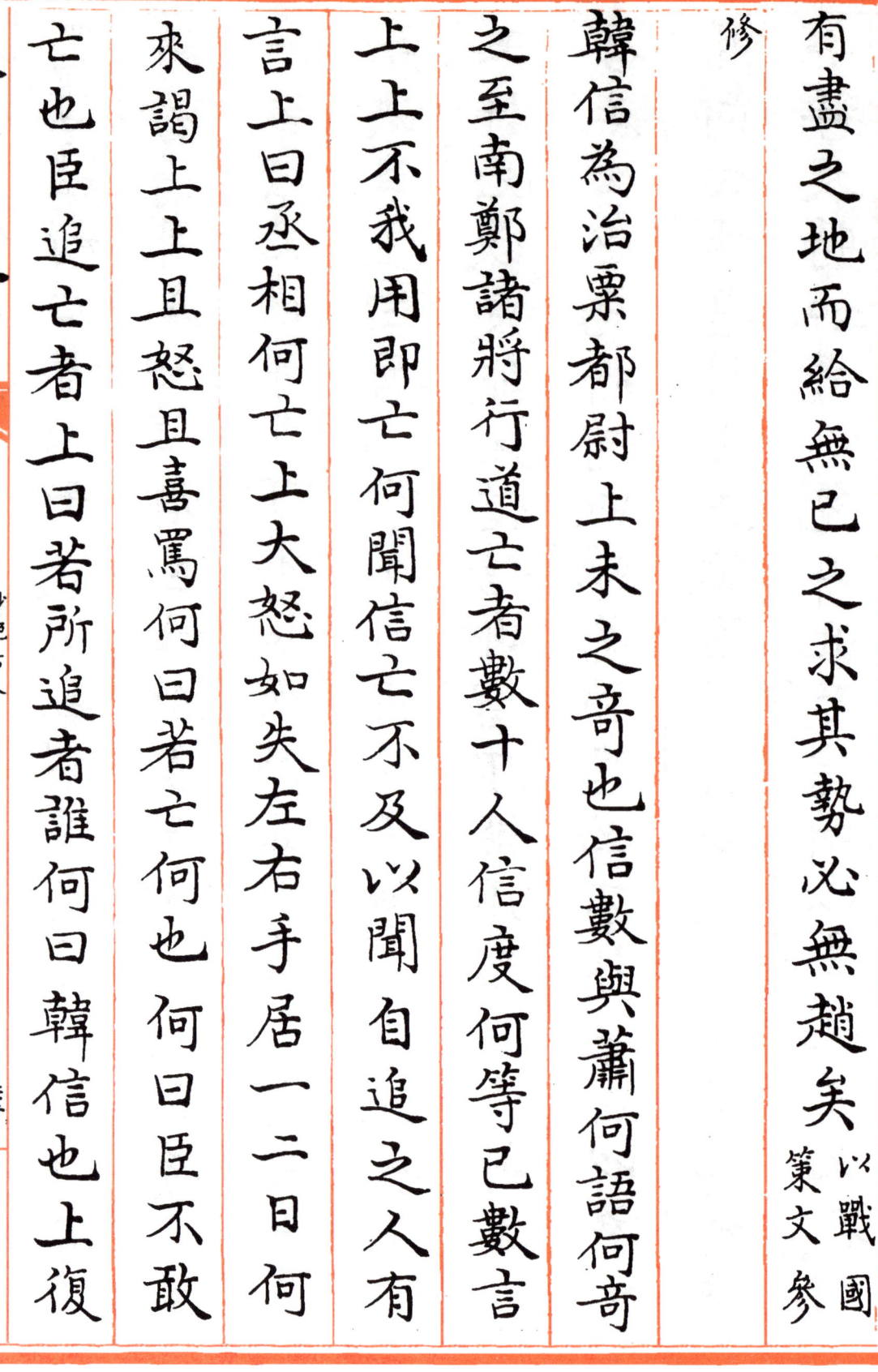

罵曰諸將亡者以十數公無所追追信詐也何曰諸將易得耳至如信者國士無雙王必欲長王漢中無所事信必欲爭天下非信無所與計事者顧王策安所決耳上曰吾亦欲東耳安能鬱鬱久居此乎何曰王計必欲東能用信信即留不能用信終亡耳王曰吾為公以為將何曰雖為將信必不留王曰以為大將何曰幸甚於是王欲召信拜之何曰王素慢無禮今拜大將如呼小兒耳此乃信所以去也王必欲拜

之擇良日齋戒設壇場具禮乃可耳王許之諸將
皆喜人人各自以為得大將至拜大將乃韓信也
一軍皆驚信拜禮畢上坐王曰丞相數言將軍將
軍何以教寡人計策信謝因問王曰今東鄉爭權
天下豈非項王耶漢王曰然曰大王自料勇悍仁
彊孰與項王漢王默然良久曰不如也信再拜賀
曰惟信亦謂大王不如也然臣嘗事之請言項王
之為人也項王喑啞叱咤千人皆廢然不能任屬

賢將此特匹夫之勇耳項王見人恭敬慈愛言語
嘔嘔人有疾病涕泣分食飲至使人有功當封爵
者印刓弊忍不能予此所謂婦人之仁也項王雖
霸天下而臣諸侯不居關中而都彭城有背義帝
之約而以親愛王諸侯不平諸侯之見項王遷逐義
帝置江南亦皆歸逐其主而自王善地項王所過無
不殘滅者天下多怨百姓不親附特刼於威強耳名
雖為霸實失天下心故曰其強易弱今大王誠能反

其道任天下武勇何所不誅以天下城邑封功臣何所
不服以義兵從思東歸之士何所不散且三秦王為秦
將將秦子弟數歲矣所殺亡不可勝計又欺其衆降諸
侯至新安項王詐坑秦降卒二十餘萬唯獨邯欣翳得
脫秦父兄怨此三人痛入骨髓今楚彊以威王此三人
秦民莫愛也大王之入武關秋毫無所犯除秦苛法與
秦民約法三章耳秦民無不欲得大王王秦者於諸侯
之約大王當王關中關中民咸知之大王失職入漢中

秦民無不恨者今大王舉而東三秦可傳檄而定也於
是漢王大悅自以為得信晚遂使信計部署諸將所擊
漢三年秋項羽擊漢拔滎陽漢兵遁保鞏洛楚人聞淮
陰侯破趙彭越數反梁地則分兵救之淮陰方東擊齊
漢王數困滎陽成皋計欲捐成皋以東屯鞏洛以拒楚
酈生因曰臣聞知天之天者王事可成不知天之天者
王事不可成王者以民為天而民人以食為天夫敖
倉天下轉輸久矣臣聞其下迺有藏粟甚多楚人拔滎

陽不堅守敖倉迺引而東令適卒分守成臯此乃天所
以資漢也方今楚易取而漢反却自奪其便臣竊以為
過矣且兩雄不俱立楚漢久相持不決百姓騷動海內
搖蕩農夫釋耒工女下機天下之心未有所定也願足
下急復進兵收取滎陽據敖倉之粟塞成臯之險杜大
行之道距蜚狐之口守白馬之津以示諸侯效實形制
之勢則天下知所歸矣方今燕趙已定唯齊未下今田
廣據千里之齊田閒將二十萬之衆軍於歷城諸田宗

疆負海阻河濟南近楚人多變詐足下雖遣數十萬師未可以歲月破也臣請得奉明詔說齊王使為漢而稱東藩上曰善乃從其畫復守敖倉而使酈生說齊王曰王知天下之所歸乎王曰不知也曰王知天下之所歸則齊國可得而有也若不知天下之所歸則齊國未可得保也齊王曰天下何所歸曰歸漢曰先生何以言之曰漢王與項王戮力西面擊秦約先入咸陽者王之漢王先入咸陽項王負約不與而王之漢中項王遷殺義

帝漢王聞之起蜀漢之兵擊三秦出關而責義帝之負
收天下之兵立諸侯之後降城即以侯其將得賂即以
分其士與天下同其利豪英賢才皆樂為之用諸侯之
兵四面而至蜀漢之粟方船而下項王有倍約之名殺
義帝之負於人之功無所記於人之罪無所忘戰勝而
不得其賞拔城而不得其封非項氏莫得用事為人刻
印刓而不能授攻城得賂積而不能賞天下畔之賢才
怨之而莫為之用故天下之士歸於漢王可坐而策也

妙絕古今

美

夫漢王發蜀漢定三秦涉西河之外援上黨之兵下井
陘誅成安君破北魏舉三十二城此蚩尤之兵也非人
之力也天之福也今已舉敖倉之粟塞成臯之險守白
馬之津杜大行之險距蜚狐之口天下後服者先亡矣
王疾先下漢王齊國社稷可得而保也不下漢王危亡
可立而待也田廣以為然迺聽酈生罷歴下兵守戰備
賈生之過秦曰秦孝公據殽函之固擁雍州之地君臣
固守以闚周室有席卷天下包舉宇内囊括四海并吞

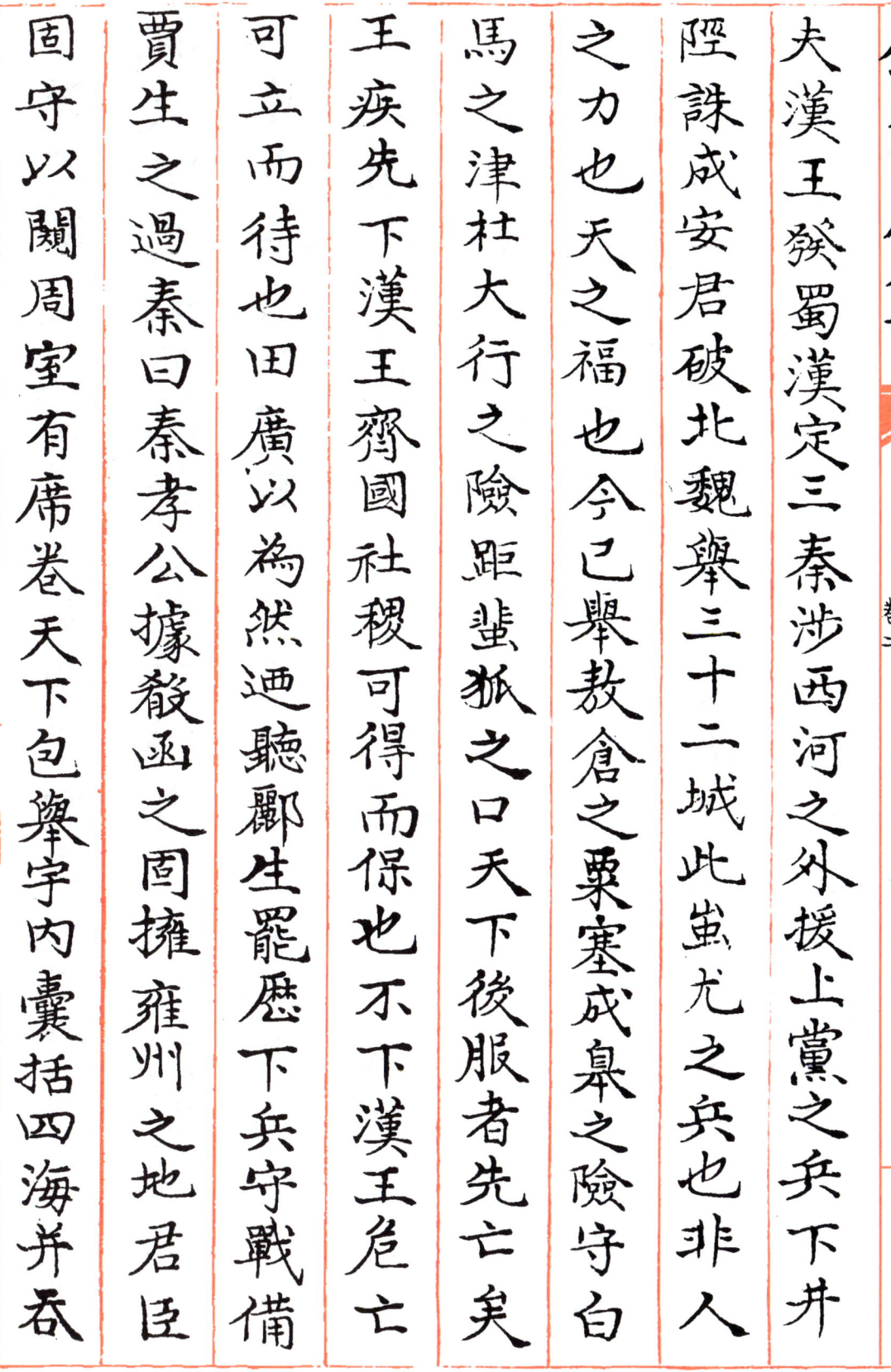

八荒之心當是時也商君佐之內立法度務耕織脩守
戰之備外連衡而鬬諸侯於是秦人拱手而取西河之
外孝公既沒惠文武昭襄蒙故業因遺册南取漢中西
舉巴蜀東割膏腴之地北收要害之郡諸侯恐懼會盟
而謀弱秦不愛珍器重寶肥饒之地以致天下之士合
從締交相與為一當此之時齊有孟嘗趙有平原楚有
春申魏有信陵此四賢者皆明智而忠信寛厚而愛人
尊賢重士約從離横兼韓魏燕楚齊趙宋衛中山之衆

於是六國之士有甯越齊尚蘇秦杜赫之屬為之謀齊明周最陳軫召滑樓緩翟景蘇厲樂毅之徒通其意吳起孫臏帶他兒良王廖田忌廉頗趙奢之倫制其兵嘗以十倍之地百萬之師仰（史作叩）關而攻秦（顔曰秦之地形高而諸侯之兵欲攻關中者仰嚮故云仰關也今流俗書本仰字作叩非也）秦人開關延敵九國之師逡巡而不敢進秦無亡矢遺鏃之費而天下已困矣於是從散約敗爭割地而賂秦秦有餘力而制其敝追亡逐北伏尸百萬流血漂鹵因利乘便宰割天下分

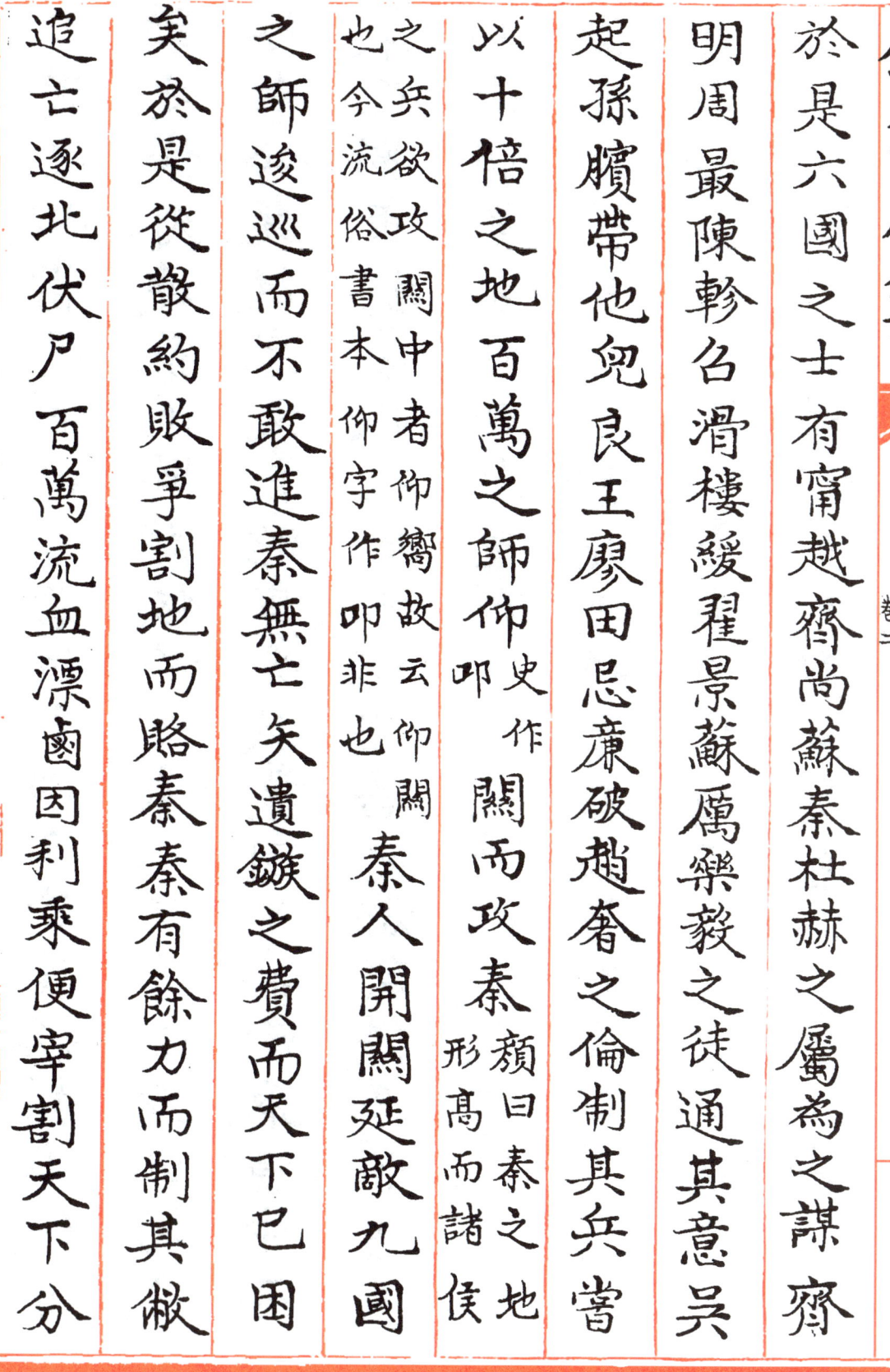

裂山河强國請服弱國入朝施及孝文莊襄王享國之
日淺國家無事及至始皇奮六世之餘烈振長策而馭
宇內吞二周而亡諸侯履至尊而制六合執敲朴以鞭
笞天下威震四海南取百粵之地以為桂林象郡百粵
之君頫首係頸委命下吏迺使蒙恬北築長城而守藩
籬卻匈奴七百餘里胡人不敢南下而牧馬士不敢彎
弓而報怨於是廢先王之道焚百家之言以愚黔首隳
名城殺豪俊收天下之兵聚之咸陽銷鋒鑄鐻以為金

人十二以弱天下之民然後踐（史作斬）華為城（服虔曰斷華山為城晉灼曰踐登也顏曰晉說是）因河為池據億丈之城臨不測之川以為固良將勁弩守要害之處信臣精卒陳利兵而誰何（顏曰問之為誰又云何人其義一也）天下已定始皇之心自以為關中之固金城千里子孫帝王萬世之業也始皇既沒餘威震于殊俗然而陳涉甕牖繩樞之子（服虔曰以繩係户樞孟康曰瓦甕為牖也）甿隸之人遷徙之徒也材能不及中人非有仲尼墨翟之智陶朱猗頓之富躡足行伍之間而倔起阡陌之中

帥罷散之卒將數百之衆轉而攻秦斬木為兵揭竿為
旗天下雲合響應贏糧而景從山東豪俊遂並起而亡
秦族矣且天下非小弱也雍州之地殽函之固自若也
陳涉之位非尊於齊楚燕趙韓魏宋衛中山之君鉏耰
棘矜非銛於鉤戟長鎩也顔曰棘戟也矜與穜同謂矛鋋之把也鉤戟戟刃曲有鉤
者也鎩鋭也言往者秦銷兵以陳涉起但用鉏耰及戈戟之穜以相攻戰也適戍之衆非抗於
九國之師深謀遠慮行軍用兵之道非及曩時之士也
然而成敗異變功業相反何也試使山東之國與陳涉

度長絜大比權量力不可同年而語矣然秦以區區之地致萬乘之權招八州而朝同列百有餘年矣然後以六合為家殽函為宫一夫作難而七廟隳身死人手為天下笑者何也仁誼不施而攻守之勢異也

太史公曰先人有言自周公卒五百歲而有孔子孔子卒後至於今五百歲有能紹明世正易傳繼春秋本詩書禮樂之際意在斯乎意在斯乎小子何敢讓焉上大夫壺遂曰昔孔子何為而作春秋哉太史公曰余聞董

生曰周道衰廢孔子為魯司寇諸侯害之大夫壅之孔
子知言之不用道之不行也是非二百四十二年之中
以為天下儀表貶天子退諸侯討大夫以達王事而已
矣子曰我欲載之空言不如見之於行事之深切著明
也夫春秋上明三王之道下辯人事之紀别嫌疑明是
非定猶豫善善惡惡賢賢賤不肖存亡國繼絶世補敝
起廢王道之大者也易著天地陰陽四時五行故長於
變禮經紀人倫故長於行書記先王之事故長於政詩

記山川谿谷禽獸草木牝牡雌雄故長於風樂樂所以
立故長於和春秋辯是非故長於治人是故禮以節人
樂以發和書以道事詩以達意易以道化春秋以道義
撥亂世反之正莫近於春秋春秋文成數萬其指數千
萬物之散聚皆在春秋春秋之中弒君三十六亡國五
十二諸侯奔走不得保其社稷者不可勝數察其所以
皆失其本已故易曰失之毫釐差以千里故曰臣弒君
子弒父非一旦一夕之故也其漸久矣故有國者不可

以不知春秋前有讒而弗見後有賊而不知為人臣者不可以不知春秋守經事而不知其宜遭變事而不知其權為人君父而不通於春秋之義者必蒙首惡之名為人臣子而不通於春秋之義者必陷篡弒之誅死罪之名其實皆以為善為之不知其義被之空言而不敢辭夫不通禮義之旨至於君不君臣不臣父不父子不子夫君不君則犯臣不臣則誅父不父則無道子不子則不孝此四行者天下之大過也以天下之大過予之

則受而不敢辭故春秋者禮義之大宗也夫禮禁未然之前法施已然之後法之所為用者易見而禮之所為禁者難知壷遂曰孔子之時上無明君下不得任用故作春秋垂空文以斷禮義當一王之法今夫子上遇明天子下得守職萬事既具咸各序其宜夫子所論欲以何明太史公曰唯唯否否不然余聞之先人曰伏犧至純厚作易八卦堯舜之盛尚書載之禮樂作焉湯武之隆詩人歌之春秋采善貶惡推三代之德襃周室非獨

刺譏而已也漢興以來至明天子獲符瑞封禪改正朔
易服色受命於穆清澤流罔極海外殊俗重譯欵塞請
來獻見者不可勝道臣下百官力誦聖德猶不能宣盡
其意且士賢能而不用有國者之耻主上明聖而德不
布聞有司之過也且余嘗掌其官廢明聖盛德不載滅
功臣世家賢大夫之業不述墮先人所言罪莫大焉余
所謂述故事整齊其世傳非所謂作也而君比之於春
秋謬矣於是論次其文七年而太史公遭李陵之禍幽

於縲紲乃喟然而歎曰是余之罪也夫是余之罪也夫身毀不用矣退而深惟曰夫詩書隱約者欲遂其志之思也昔西伯拘羑里演周易孔子戹陳蔡作春秋屈原放逐著離騷左邱失明厥有國語孫子臏脚而論兵法不韋遷蜀世傳吕覽韓非囚秦說難孤憤詩三百篇大抵賢聖發憤之所為作也此人皆意有所鬱結不得通其道也故述往事思來者於是卒述陶唐以來至於麟止自黃帝始維我漢繼五帝末流接三代統業周道廢

秦撥去古文焚滅詩書故明堂石室金匱玉版圖籍散
亂於是漢興蕭何次律令韓信申軍法張蒼為章程叔
孫通定禮儀則文學彬彬稍進詩書往往間出矣自曹
參薦蓋公言黄老而賈生晁錯明申商公孫弘以儒顯
百年之間天下遺文古事靡不畢集太史公太史公漢書
無三字仍父子相續纂其職曰於戲余維先人嘗掌斯事
顯於唐虞至於周復典之故司馬氏世主天官至余於
乎欽念哉欽念哉罔羅天下放失舊聞王迹所興原始

察終見盛觀衰論考之行事略推三代録秦漢上記軒
轅下至於茲著十二本紀既科條之矣並時異世年差
不明作十表禮樂損益律歷改易兵權山川鬼神天人
之際承敝通變作八書二十八宿環北辰三十輻共一
轂運行無窮輔拂股肱之臣配焉忠信行道以奉主上
作三十世家扶義俶儻不令已失時立功名於天下作
七十列傳凡百三十篇五十二萬六千五百字為太史
公書序略以拾遺補藝成一家之言厥協六經異傳整

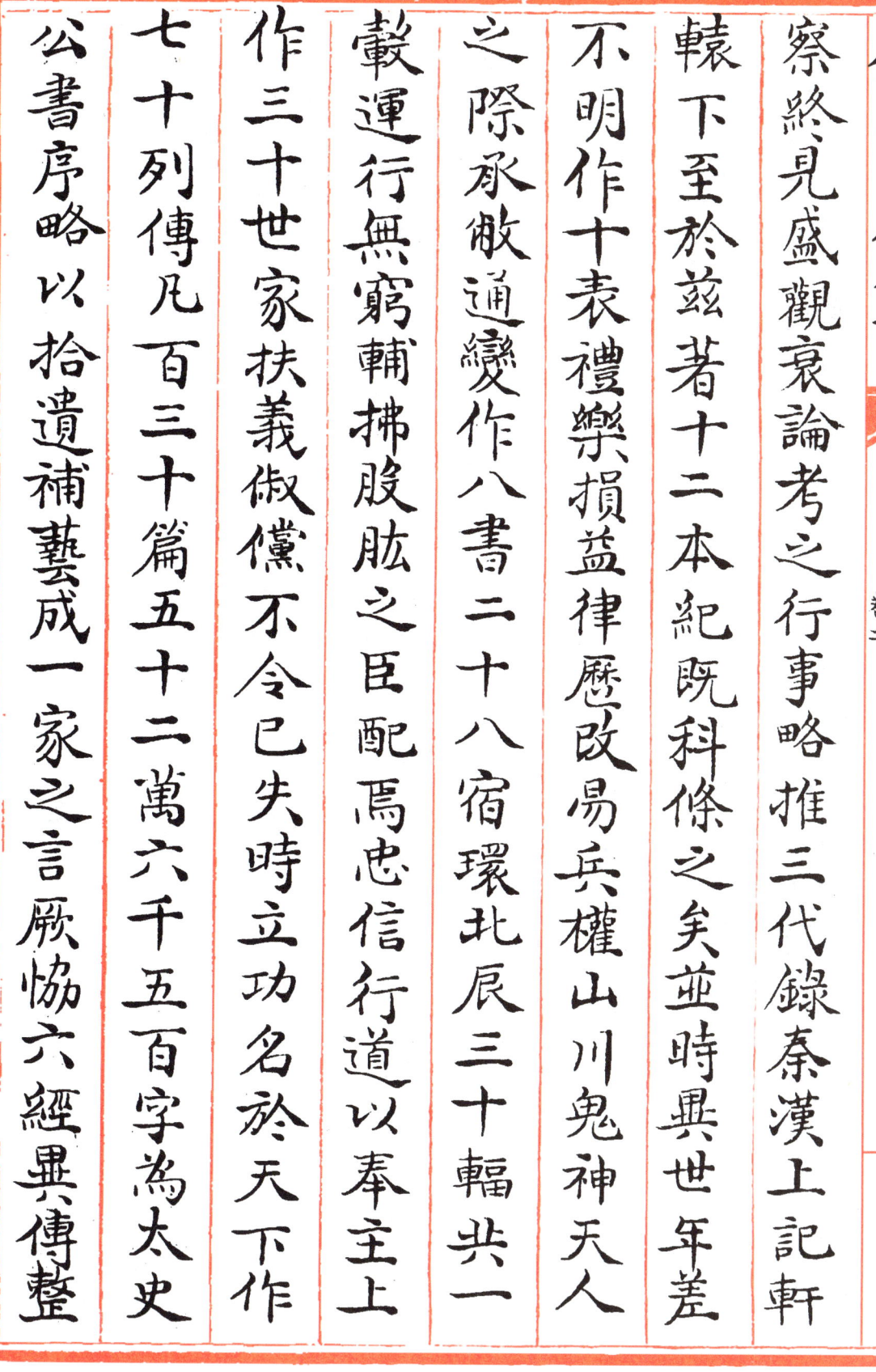

齊百家雜語藏之名山副在京師俟後世聖人君子，以漢
史參
修

劉訓

輕天下則神無累矣細萬物則心不惑矣齊死生則志
不懾矣同變化則明不眩矣衆人以為虛言吾將舉類
而實之人之所以樂為人主者以其窮耳目之欲而適
躬體之便也今高臺層榭人之所麗也而堯樸桷不斲
素題不枅珍怪奇味人之所美也而堯糲粢之飯藜藿

之羹文繡狐白人之所好也而堯布衣揜形鹿裘蔽寒
養性之具不加厚而增之以任重責大故舉天下而傳
之于舜若解㪉蹝然非直辭讓議無以為也此輕天下
之甚也禹南省方濟于江黄龍負舟舟中之人五色無
主禹乃熈笑而稱曰我受命於天竭力而勞萬民生寄
也死歸也何足以滑和視龍猶蝘蜓顔色不變龍乃弭
耳掉尾而逝禹之視物亦細矣鄭之神巫相壺子林見
其徵告列子列子行泣告壺子壺子持以天壤名實不

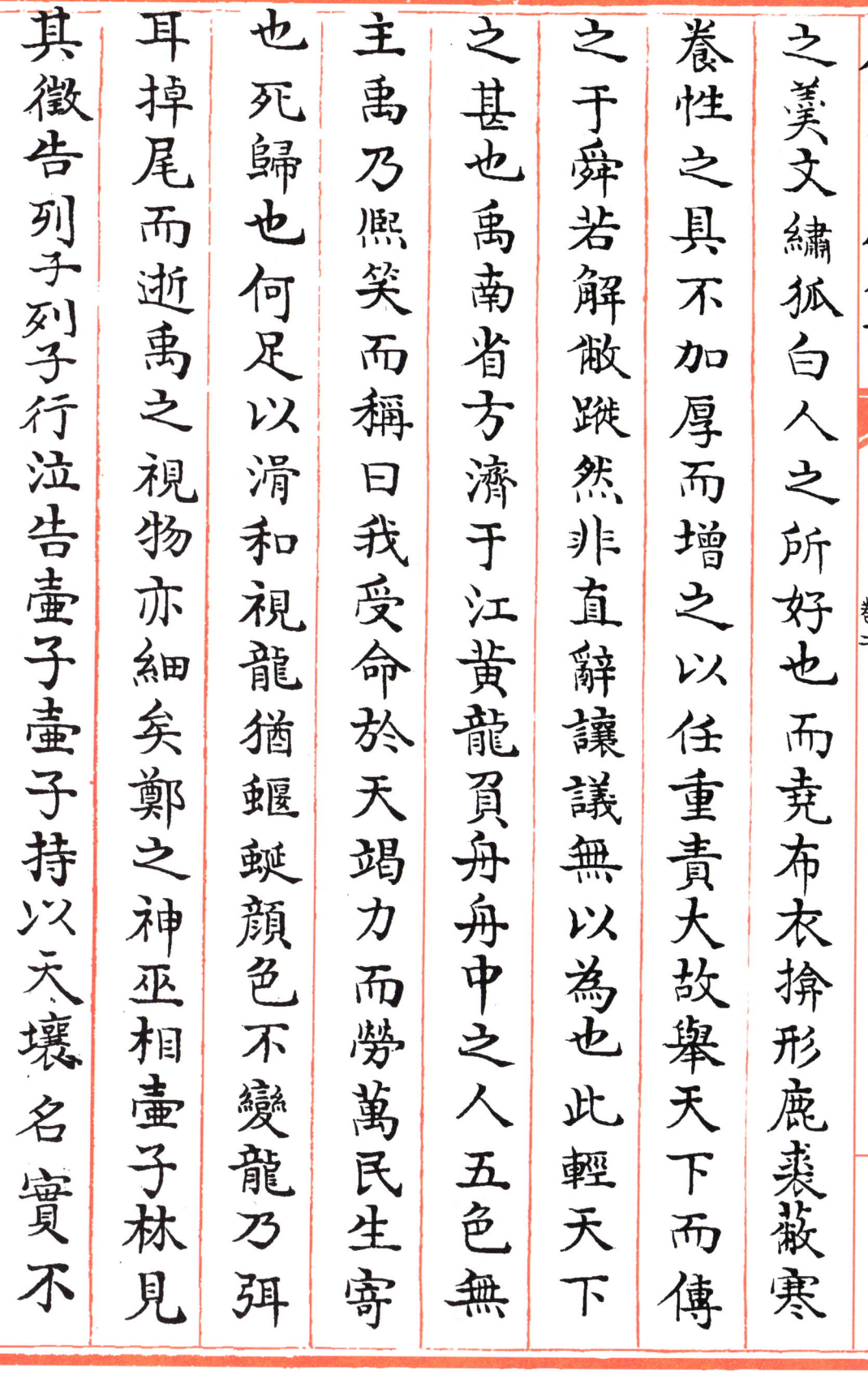

入機發於踵壺子之視死生亦齊矣子求行年五十有四而病傴僂脊管高于頂腸音歇肝胸下道頤兩髀在上燭營指天匍匐自窺於井曰偉哉造化其以我為此拘拘邪此其視變化亦同矣故覩堯之道乃知天下之輕也觀禹之志乃知萬物之細也原壺子之論乃知死生之齊也見子求之行乃知變化之同也精神訓

堯不以有天下為貴故授舜公子札不以有國為尊故讓位子罕不以玉為富故不受寶務光不以生害義故

自投於淵由此觀之至貴不待爵至富不待財天下至
大矣而以與他人也身至親矣而棄之淵外此其餘無
足利矣此之謂無累之人無累之人不以天下為貴矣
上觀至人之論深原道德之意以下考世俗之行乃足
羞也故通許由之意金滕豹韜廢矣延陵季子不受吳
國而訟閒田者慙矣子罕不利寶玉而爭券契者媿矣
務光不汙於世而貪利偷生者悶矣故不觀大義者不
知生之不足貪也不聞大言者不知天下之不足利也

今夫窮鄙之社也叩盆拊瓴相和而歌自以為樂矣嘗
試為之擊逢鼓撞拒鐘乃性仍仍然知其盆瓴之足羞
也藏詩書修文學而不知至論之旨則拊盆叩瓴之徒
也 精神訓
凡人所以生者衣與食也今囚之冥室之中雖養之以
芻豢衣之以綺繡不能樂也以目之無見耳之無聞穿
隙穴見雨零則快然而歎之況開戶發牖從冥冥見炤
炤乎從冥冥見炤炤猶尚肆然而喜又況出室坐堂見

日月光見日月光曠然而樂又況登太山履石封以望八荒視天都若蓋江河若帶又況萬物在其間者乎其為樂豈不大哉且聾者耳形具而無能聞也盲者目形存而無能見也夫言者所以通己於人也聞者所以通人於己也瘖者不言聾者不聞既瘖且聾人道不通故有瘖聾之病者雖破家求醫不顧其費豈獨形骸有瘖聾哉心志亦有之夫指之拘也莫不事伸也心之塞也莫知務通也不明於類也夫觀六藝之崇廣窮道德之淵

深達乎無上至乎無下運乎無極翔乎無形廣於四海崇於大山富於江河曠然而通昭然而明天地之間無所繫戾其所以覽觀豈不大哉泰族訓

揚子雲容難

客難揚子曰凡著書者為衆人之所好也美味期乎合口工聲調於比耳今吾子乃抗辭幽說閎意眇指獨馳騁於有亡之際而陶冶大鑪旁薄群生歷覽者兹年矣而殊不寤亹費精神於此而煩學者於彼譬畫者畫於

無形弦者放於無聲殆不可乎揚子曰俞若夫閎言崇議幽微之塗蓋難與覽者同也昔人有觀象於天視度於地察法於人者天麗且彌地普而深昔人之辭廼玉金彼豈好為艱難哉勢不得已也獨不見夫翠虬絳螭之將登乎天必聳身於蒼梧之淵不階浮雲翼疾風虛舉而上升則不能攛膠葛（攛拘也膠葛上清之氣也）騰九閎日月之經不千里則不能燭六合耀八紘泰山之高不嶕嶢則不能浡滃雲而散歊烝是以宓羲氏之作易也綿絡天

地經以八卦文王附六爻孔子錯其象而彖其辭然後
發天地之蔵定萬物之基典謨之篇雅頌之聲不温純
深潤則不足以揚鴻烈而章緝熈盩胥靡爲宰寂寞爲
尸大味必淡大音必希大語吽吽大道低回是以聲之
眇音妙者不可同於衆人之耳形之美者不可混於世俗
之目辭之衍者不可齊於庸人之聽今夫弦者亙張急
徽追趍逐耆則坐者不期而附試爲之施咸池揄六莖
發簫韶詠九成則莫有和也是故鍾期死伯牙絶絃破

琴而不肯與衆鼓獿人亡獿古之善塗壂者音乃髙反則匠石輟斤而不敢妄斵師曠之調鐘俟知音者之在後也孔子作春秋幾君子之前睹也老耼有遺言貴知我者希此非其操歟

妙絶古今卷二

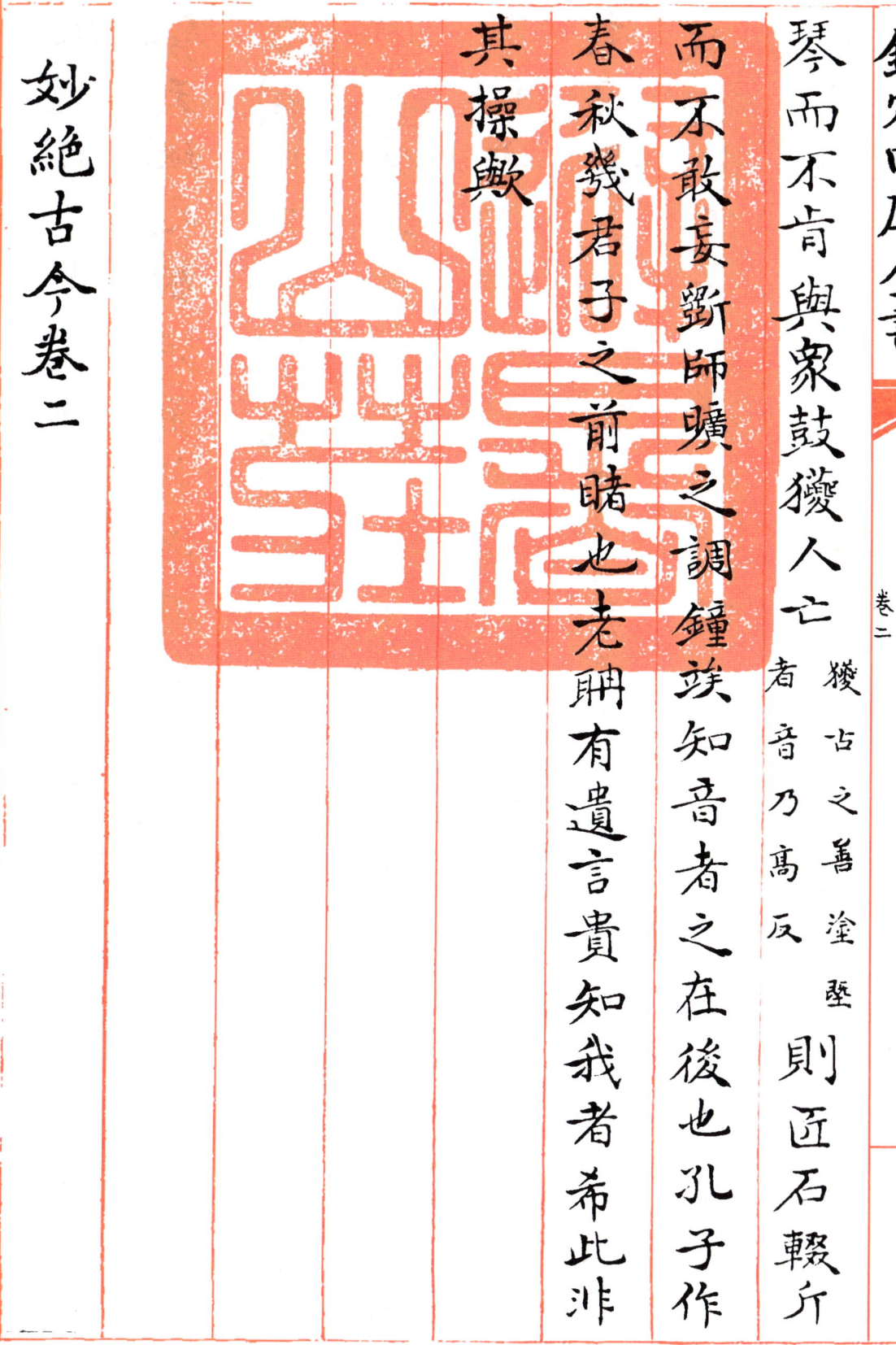

欽定四庫全書

妙絶古今卷三

宋 湯漢 編

劉歆移太常博士書

歆欲建立左氏春秋及毛詩逸禮古文尚書皆列於學宫哀帝令歆與五經博士講論其義諸博士或不肯置對歆因移書太常博士責讓之曰昔唐虞既衰而三代迭興聖帝明王累起相襲其道甚著周室既微而禮樂

不正道之難全也如此是故孔子憂道之不行歷國應
聘自衛反魯然後樂正雅頌乃得其所修易序書制作
春秋以紀帝王之道及夫子沒而微言絶七十子終而
大義乖重遭戰國棄籩豆之禮理軍旅之陳孔子之道
抑而孫吳之術興陵夷至于暴秦燔經書殺儒士設挾
書之法行是古之罪道術由是遂滅漢興去聖帝明王
遐遠仲尼之道又絶瀍度無所因襲時獨有一叔孫通
畧定禮儀天下唯有易卜未有他書至孝惠之世乃除

挾書之律然公卿大臣絳灌之屬咸介胄武夫莫以爲
意至孝文皇帝始使掌故鼂錯從伏生受尚書尚書初
出于屋壁朽折散絶今其書見在時師傳讀而已詩始
萌芽天下衆書往往頗出皆諸子傳説猶廣立於學官
爲置博士在漢朝之儒唯賈生而已至孝武皇帝然後
鄒魯梁趙頗有詩禮春秋先師皆起於建元之間當此
之時一人不能獨盡其經或爲雅或爲頌相合而成泰
誓後得博士集而讀之故詔書稱曰禮壞樂崩書缺簡

脫脥甚閔焉時漢興已七八十年離於全經固已遠矣
及魯共王壞孔子宅欲以爲宫而得古文於壞壁之中
逸禮有三十九書十六篇天漢之後孔安國獻之遭巫
蠱倉卒之難未及施行及春秋左氏丘明所修皆古文
舊書多者二十餘通藏於祕府伏而未發孝成皇帝閔
學殘文缺稍離其真乃陳發祕藏校理舊文得此三事
以考學官所傳經或脫簡傳或間編傳問民間則有魯
國柏公趙國貫公膠東庸生之遺學與此同抑而未施

此乃有識者之所惜閔士君子之所嗟痛也往者綴學
之士不思廢絶之闕苟因陋就寡分文析字煩言碎辭
學者罷老且不能究其一藝信口說而背傳記是末師
而非往古至於國家將有大事若立辟雍封禪巡狩之
儀則幽冥而莫知其原猶欲保殘守缺挾恐見破之私
意而無從善服義之公心或懷妬嫉不考情實雷同相
從隨聲是非抑此三學以尚書爲備謂左氏爲不傳春
秋豈不哀哉今聖上德通神明繼統揚業亦閔文學錯

亂學士若茲雖昭其情猶依違謙讓樂與士君子同之故下明詔試左氏可立不遺近臣奉指銜命將以輔弱扶微與二三君子比意同力冀得廢遺今則不然深閉固拒而不肯試猥以不誦絶之欲以杜塞餘道絶滅微學夫可與樂成難與慮始此乃衆庶之所為耳非所望士君子也且此數家之事皆先帝所親論今上所考視其古文舊書皆有徵驗外内相應豈苟而已哉夫禮失求之於野古文不猶愈於野乎往者博士書有歐陽春

秋公羊易則施孟然孝宣皇帝猶廣立穀梁春秋
梁丘易大小夏侯尚書義雖相反猶並置之何則
與其過而廢之也寧過而立之傳曰文武之道未
墜於地在人賢者識其大者不賢者識其小者今
此數家之言所以兼包大小之義豈可偏絶哉若
必專已守殘黨同門妬道真違明詔失聖意以陷
於文吏之議甚為二三君子不取也其言甚切諸
儒皆怨恨

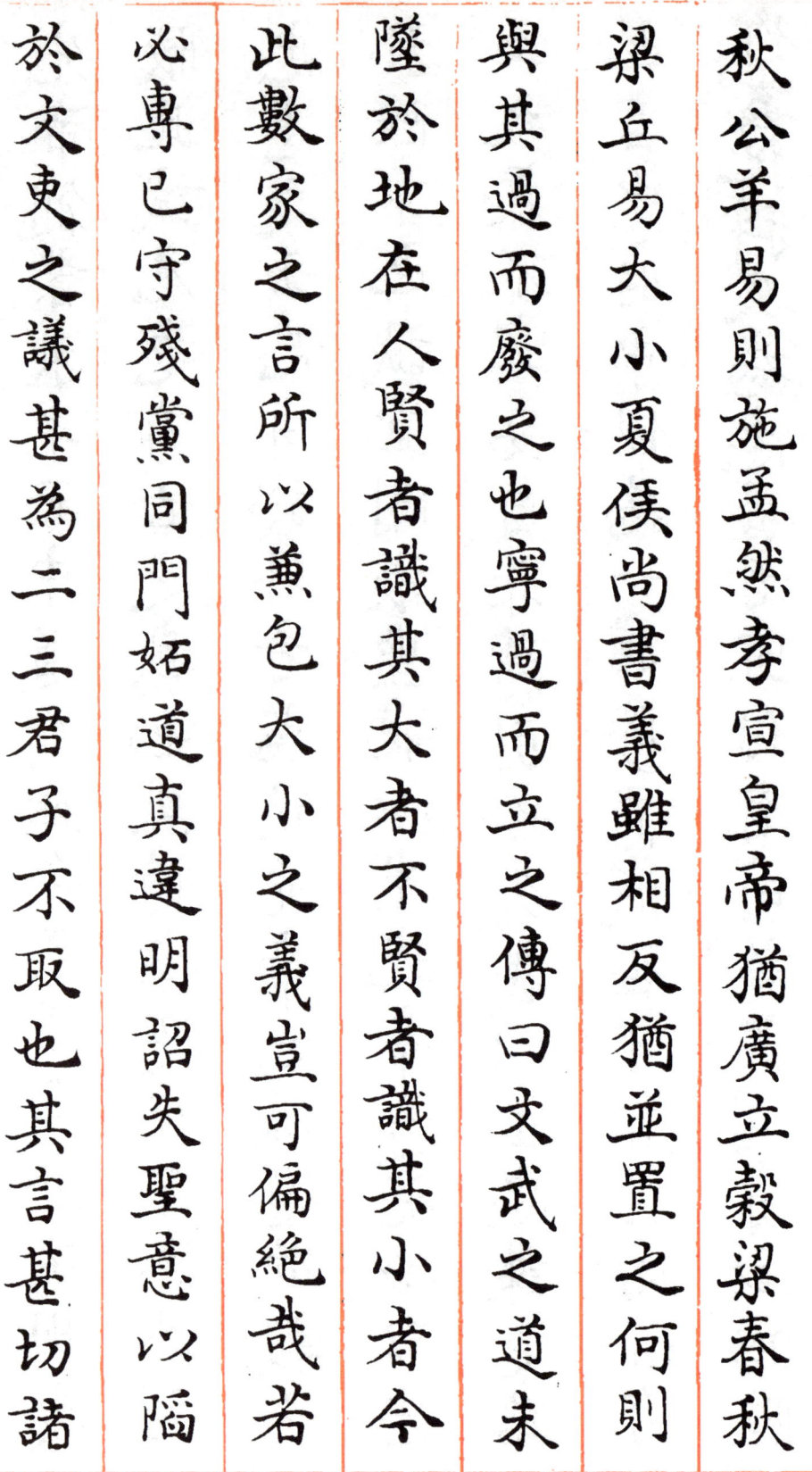

諸葛忠武侯出漢中疏

先帝創業未半而中道崩殂今天下三分益州疲敝此誠危急存亡之秋也然侍衛之臣不懈於內忠志之士忘身於外者葢追先帝之殊遇欲報之於陛下也誠宜開張聖聽以光先帝遺德恢弘志士之氣不宜妄自菲薄引喻失義以塞忠諫之路也宮中府中俱為一體陟罰臧否不宜異同若有作姦犯科及為忠善者宜付有司論其刑賞以昭陛

下平明之治不宜偏私使内外異法也侍中侍郎
郭攸之費褘董允等此皆良實志慮忠純是以先
帝簡拔以遺陛下愚以為宫中之事事無大小悉
以咨之然後施行必能裨補闕漏有所廣益將軍
向寵性行淑均曉暢軍事試用於昔日先帝稱之
曰能是以衆議舉寵以為督愚以為營中之事悉
以咨之必能使行陣和穆優劣得所也親賢臣遠
小人此先漢所以興隆也親小人遠賢臣此後漢

所以傾頹也先帝在時每與臣論此事未嘗不嘆息痛恨於桓靈也侍中尚書陳震長史參軍蔣琬此悉貞亮死節之臣願陛下親之信之則漢室之隆可計日而待也臣本布衣躬耕南陽苟全性命於亂世不求聞達於諸侯先帝不以臣卑鄙猥自枉屈三顧臣於草廬之中諮臣以當世之事由是感激遂許先帝以驅馳後值傾覆受任於敗軍之際奉命於危難之間爾來二十有一年矣先帝知

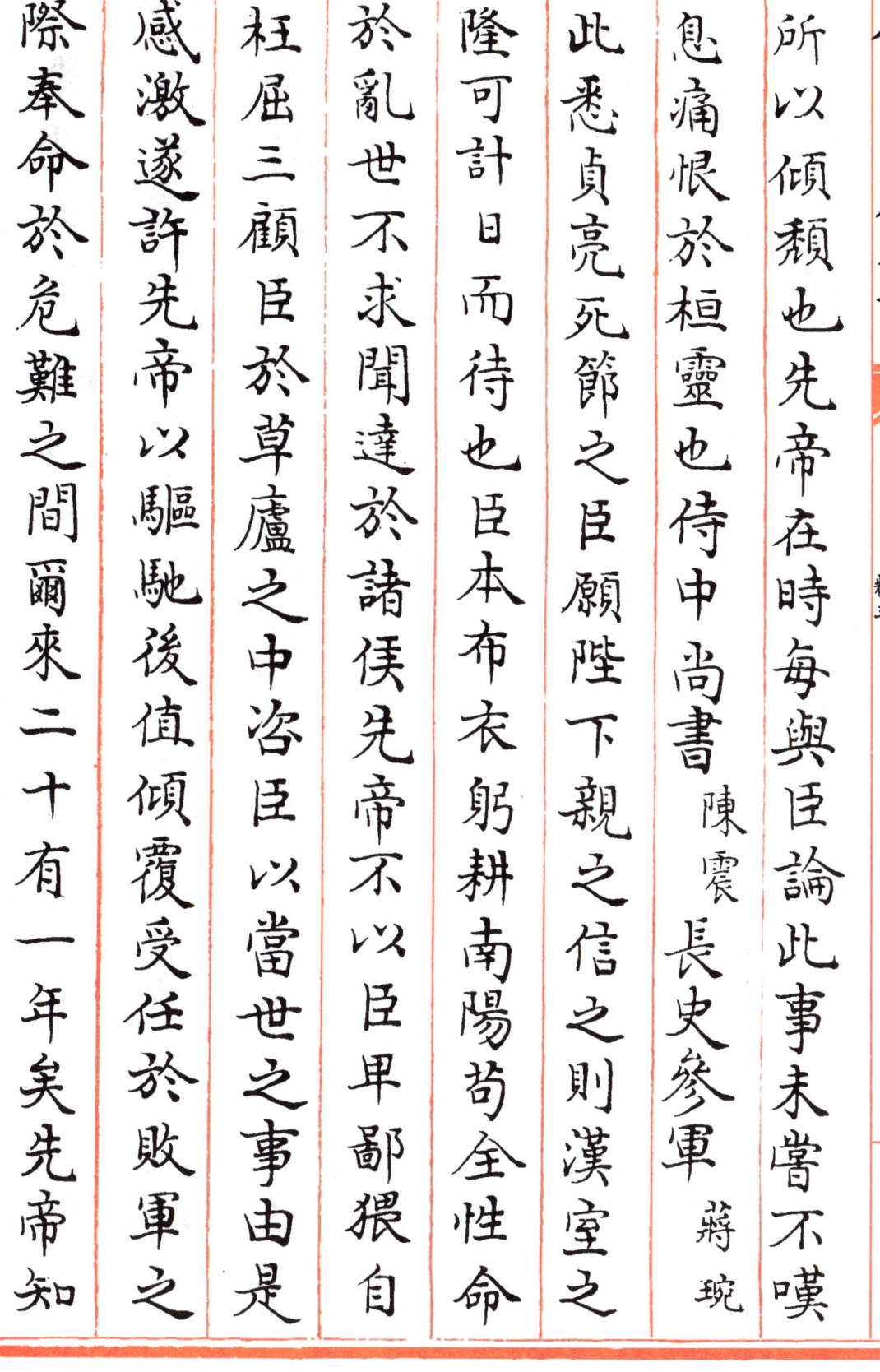

臣謹慎故臨崩寄臣以大事也受命以來夙夜憂
勤恐付託不效以傷先帝之明故五月渡瀘深入
不毛今南方已定甲兵已足當獎帥三軍北定中
原庶竭駑鈍攘除姦凶興復漢室還于舊都此臣
之所以報先帝而忠陛下之職分也至于斟酌損
益進盡忠言則攸之禕允之任也願陛下託臣以
討賊興復之效不效則治臣之罪以告先帝之靈
若無興德之言則責攸之禕允等之咎以彰其慢

陛下亦宜自謀以咨諏善道察納雅言深追先帝遺詔臣不勝受恩感激今當遠離臨表涕泣莫知所云董允傳載此數語云若無興復之敎則戮允等以彰其慢

出散關疏

先帝慮漢賊不兩立王業不偏安故托臣以討賊也以先帝之明量臣之才故知臣伐賊才弱敵彊也然不伐賊王業亦亡惟坐而待亡孰與伐之是故托臣而弗疑也臣受命之日寢不安席食不甘

味思惟北征宜先入南故五月渡瀘深入不毛并
日而食臣非不自惜也顧王業不可偏安於蜀都
故冒危難以奉先帝之遺意而議者謂為非計今
賊適疲於西又務於東兵法乘勞此進趨之時也
謹陳其事如左高帝明並日月謀臣淵深然涉險
被創危然後安今陛下未及高帝謀臣不如良平
而欲以長策取勝坐定天下此臣之未解一也劉
繇王朗各據州郡論安言計動引聖人羣疑滿腹

衆難塞胷今歲不戰明年不征使孫策坐大遂并江東此臣之未解二也曹操智計殊絶於人其用兵也彷彿孫吳然困於南陽險於烏巢危於祈連偪於黎陽幾敗北山殆死潼關然後僞定一時耳况臣才弱欲以不危而定之此臣之未解三也曹操五攻昌霸不下四越巢湖不成任用李服而李服圖之委任夏侯而夏侯敗亡先帝每稱操為能猶有此失况臣駑下何能必勝此臣之未解四也

自臣到漢中中間朞年耳然喪趙雲陽羣馬玉閻芝丁立白壽劉郃鄧銅等及曲長屯將七十餘人突將無前賨叟青羌散騎武騎一千餘人此皆數十年内所糾合四方之精鋭非一州之所有若復數年則損三分之二也當何以圖敵此臣之未解五也今民窮兵疲而事不可息事不可息則住與行勞費正等而不及蚤圖之欲以一州之地與賊持久此臣之未解六也夫難平者事也昔先帝

敗軍於楚當此之時曹操拊手謂天下已定然後先帝東連吳越西取巴蜀舉兵北征夏侯授首此操之失計而漢事將成也然後吳更違盟關侯毀敗秭歸蹉跌曹丕稱帝凡事如是難可逆料臣鞠躬盡瘁死而後已至於成敗利鈍非臣之明所能逆覩也

韓子獲麟解

麟之為靈昭昭也詠於詩書於春秋雜出於傳記

百家之書雖婦人小子皆知其為祥也然麟之為
物不畜於家不恒有於天下其為形也不類非若
馬牛犬豕豺狼麋鹿然然則雖有麟不可知其為
麟也角者吾知其為牛鬣者吾知其為馬犬豕豺
狼麋鹿吾知其為犬豕豺狼麋鹿惟麟也不可知
不可知則其謂之不祥也亦宜雖然麟之出必有
聖人在乎位麟為聖人出也聖人者必知麟麟之
果不為不祥也又曰麟之所以為麟者以德不以

形若麟之出不待聖人則其謂之不祥也亦宜麟以德為

祥若不待聖人而出是其德之衰也故謂之不祥亦
可矣以春秋之世而麟出焉故魯人以為不祥然有
仲尼識之是麟為仲尼出
也則麟果不為不祥矣

圬者王承福傳

真西山評云韓昌黎集中文當以此篇為第一今用其說

圬之為技賤且勞者也有業之其色若自得者聽其言約而盡問之王其姓承福其名世為京兆長安農夫天寶之亂發人為兵持弓矢十三年有官勳棄之來歸喪

其土田手鏝衣食餘三十年舍於市之主人而歸其屋
食之當焉視時屋食之貴賤而上下其圬之傭以償之
有餘則以與道路之廢疾餓者焉又曰粟稼而生者也
若布與帛必蠶績而後成者也其他所以養生之具皆
待人力而後完也吾皆賴之然人不可徧爲宜乎各致
其能以相生也故君者理我所以生者也而百官者承
君之化者也任有大小惟其所能若器皿焉食焉而怠
其事必有天殃故吾不敢一日捨鏝以嬉夫鏝易能可

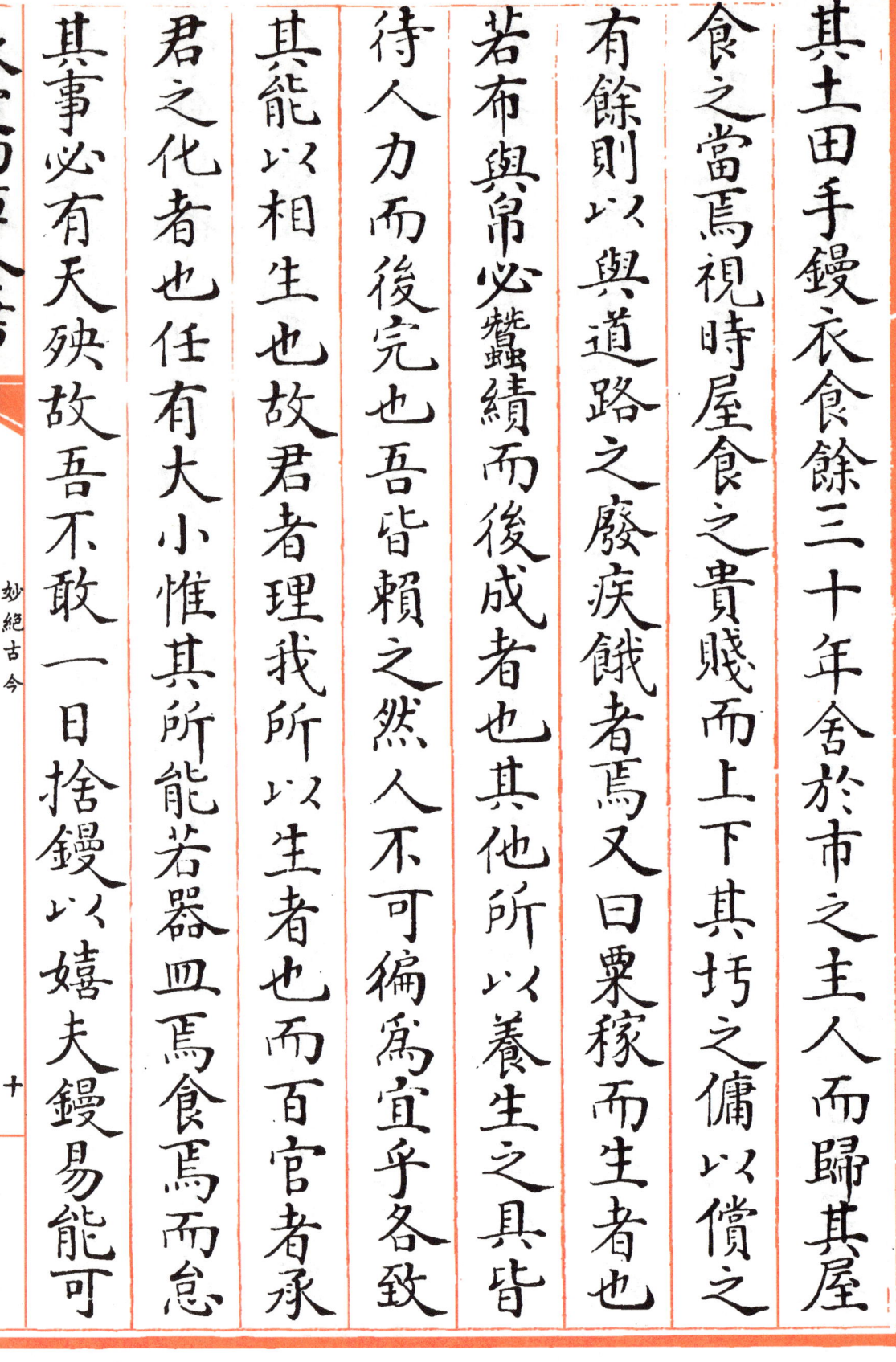

力焉又誠有功取其直雖勞無媿吾心安焉夫力易強
而有功也心難強而有智也用力者使於人用心者使
人亦其宜也吾特擇其易爲而無愧者取焉嘻吾操鏝
以入於富貴之家有年矣有一至者焉又往過之則爲
墟矣有再至三至者焉而往過之則爲墟矣問其鄰或
曰噫刑戮也或曰身既死而其子孫不能有也或曰死
而歸之官也吾以是觀之非所謂食焉怠其事而得天
殃者邪非强心以智而不足不擇其才之稱否而冒之

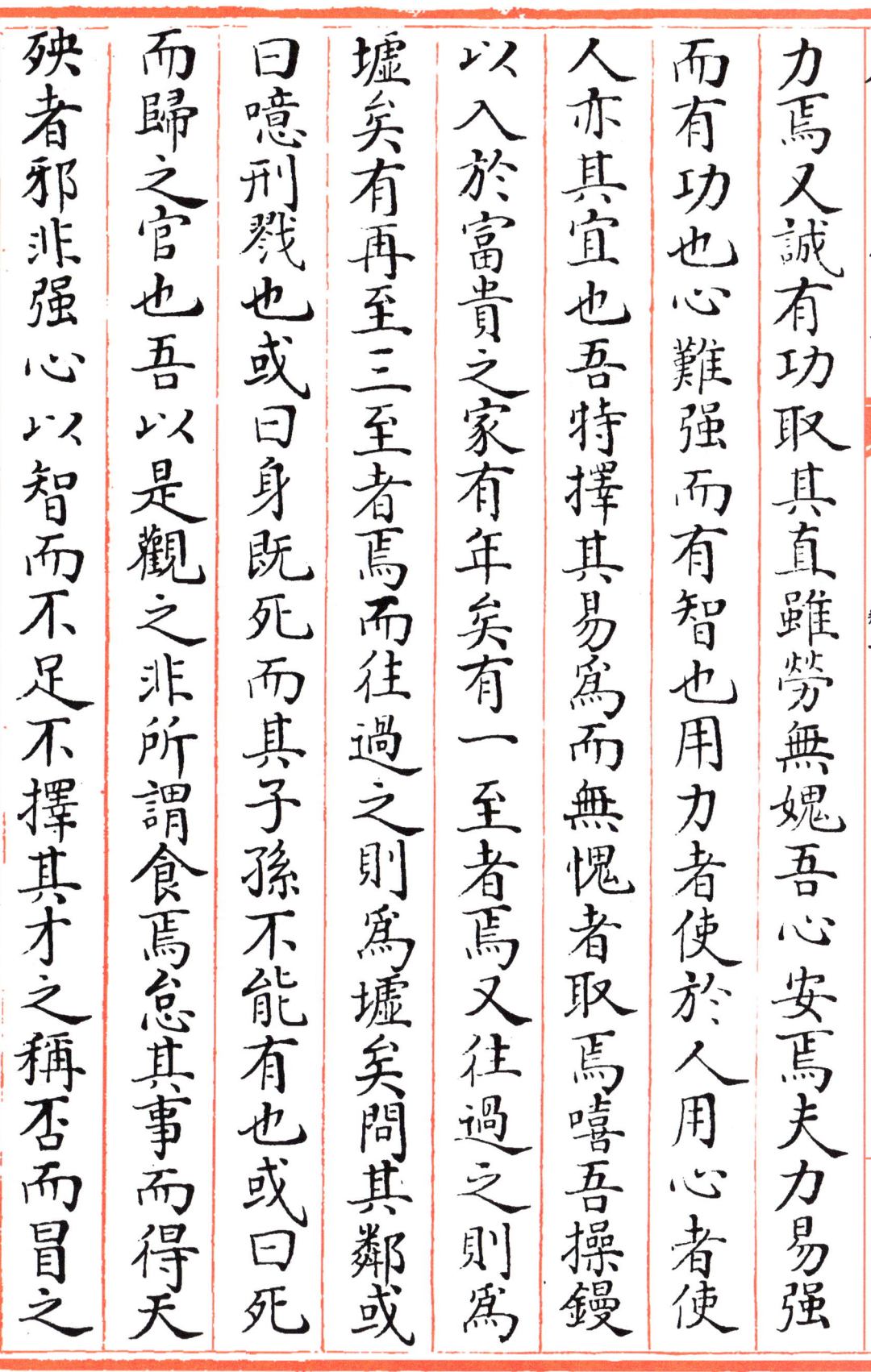

者邪非多行可愧知已不可而彊爲之者邪將貴富難
守薄功而厚饗者邪抑豐悴有時一去一來而不可常
者邪吾之心憫焉是故擇其力之可能者行焉樂富貴
而悲貧賤我豈異於人哉又曰功大者其所以自奉也
博妻與子皆養於我者也吾能薄而功小不有之可也
又吾所謂勞力者若立吾家而力不足則心又勞也一
身而二任焉雖聖者不可能也愈始聞而惑之又從而
思之蓋賢者也蓋所謂獨善其身者也然吾有譏焉謂

其自為也過多其為人也過少其學楊朱之道者邪楊之道不可拔我一毛而利天下而夫人以有家為勞心不肯一動其心以畜其妻子其肯勞其心以為人乎哉雖然其賢於世之患不得之而患失之者以濟其生之欲貪邪而亡道以喪其身者其亦遠矣又其言有可以警余者故余為之傳而自覽焉此篇大槩以二又曰字述盡承福之為人後面

却就第二箇又曰以下抑之就第三箇又曰以下揚之

答李翊書

愈白李生足下生之書辭甚高而其問何下而恭也能
如是誰不欲告生以其道道德之歸也有日矣況其外
之文乎抑愈所謂望孔子之門牆而不入于其宮者也
烏足以知是且非邪雖然不可不爲生言之生所謂立
言者是也生所爲者與所期者甚似而幾矣抑不知生
之志蘄勝於人而取於人者邪將蘄至於古之立言者
邪蘄勝於人而取於人則固勝於人而可取於人矣將
蘄至於古之立言者則無望其速成無誘於勢利養其

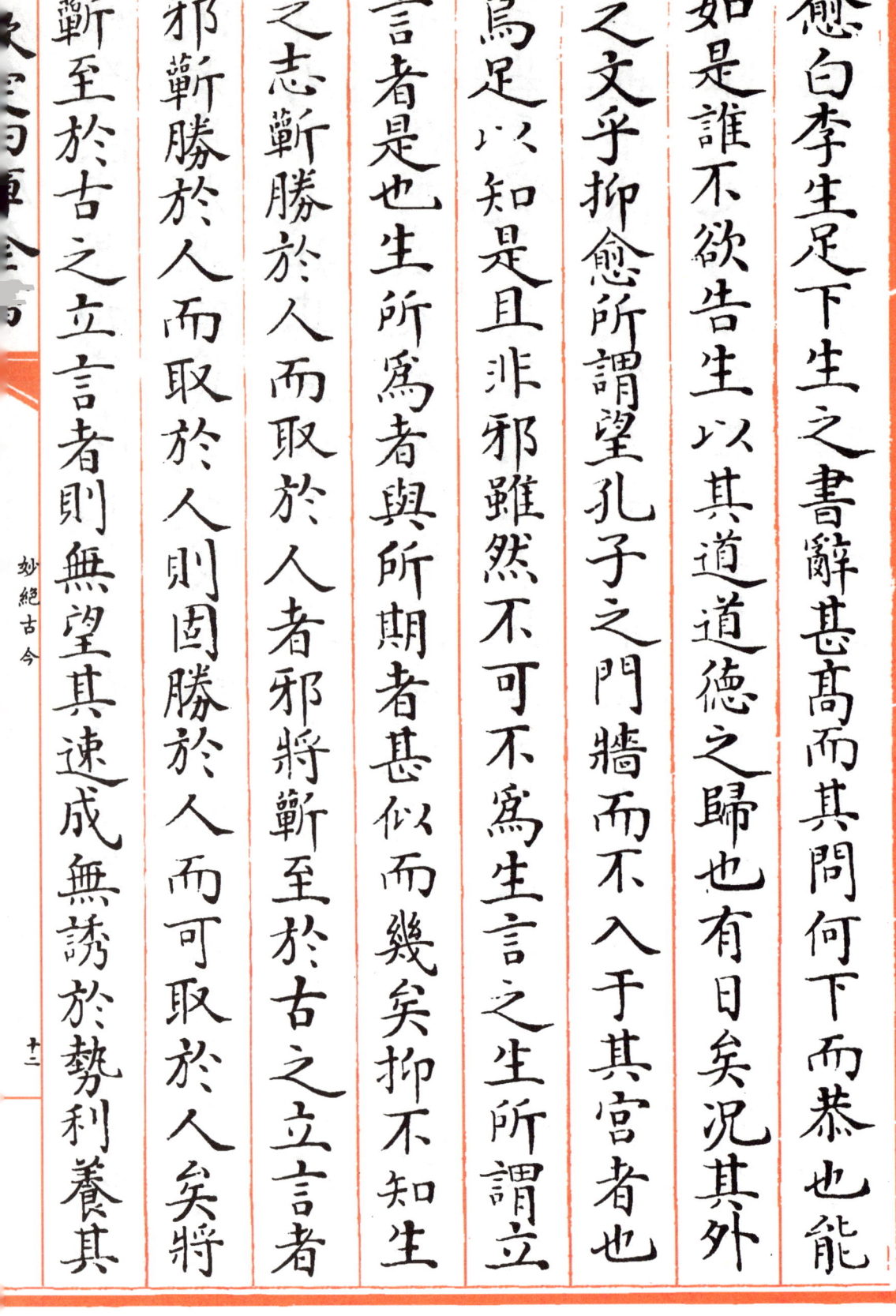

根而俟其實加其膏而希其光根之茂者其實遂膏之沃者其光煜仁義之人其言藹如也抑又有難者愈之所爲不自知其至猶未也雖然學之二十餘年矣始者非三代兩漢之書不敢觀非聖人之志不敢存處若忘行若遺儼乎其若思茫乎其若迷當其取於心而注於手也惟陳言之務去戛戛乎其難哉其觀於人也不知其非笑之爲非笑也如是者亦有年猶不改然後識古書之正僞與雖正而不至焉者昭昭焉白黑分矣而務

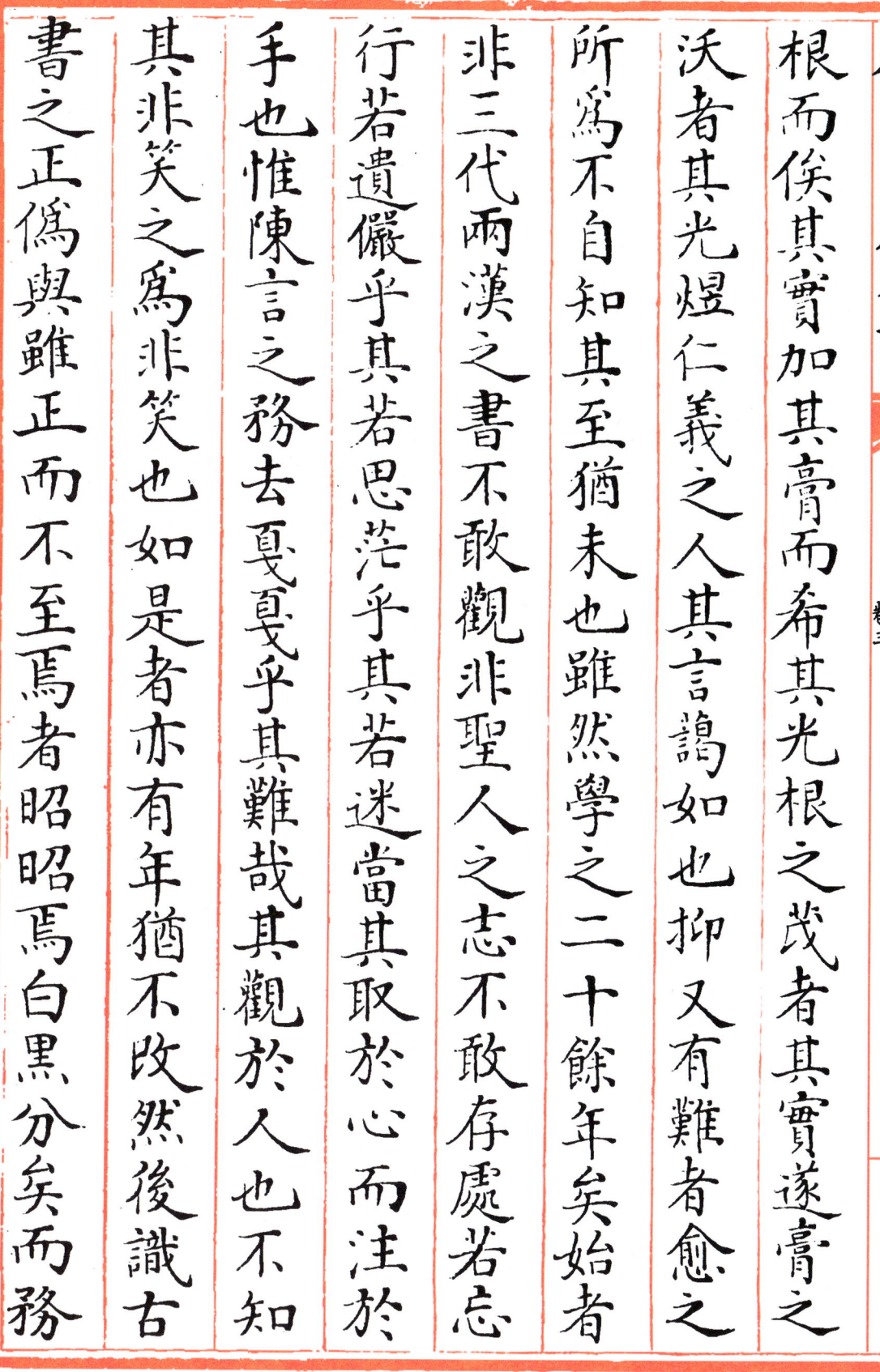

去之乃徐有得也當其取於心而注於手也汩汩然來
矣其觀於人也笑之則心以爲喜譽之則心以爲憂以
其猶有人之說者存也如是者亦有年然後浩乎其沛
然矣吾又懼其雜也迎而拒之平心而察之其皆醇也
然後肆焉雖然不可以不養也行之乎仁義之塗游之
乎詩書之源無迷其塗無絕其源終吾身而已矣氣水
也言浮物也水大而物之浮者小大畢浮氣之與言猶
是也氣盛則言之短長與聲之高下者皆宜雖如是其

敢自謂幾於成乎雖幾於成其用於人也奚取焉雖然待用於人者其肖於器耶時用焉用與舍屬諸人君子則不然處心有道行已有方用則施諸人舍則傳諸其徒垂諸文而爲後世法如是者其亦足樂乎其無足樂也有志乎古者希矣志乎古必遺乎今吾誠樂而悲之亟稱其人所以勸之非敢褒其可褒而貶其可貶也問於愈者多矣念生之言不至乎利聊相爲而言之

送孟東野序 趙南塘云凡有懷而欲吐者皆爲不得其平非必有所憤激也

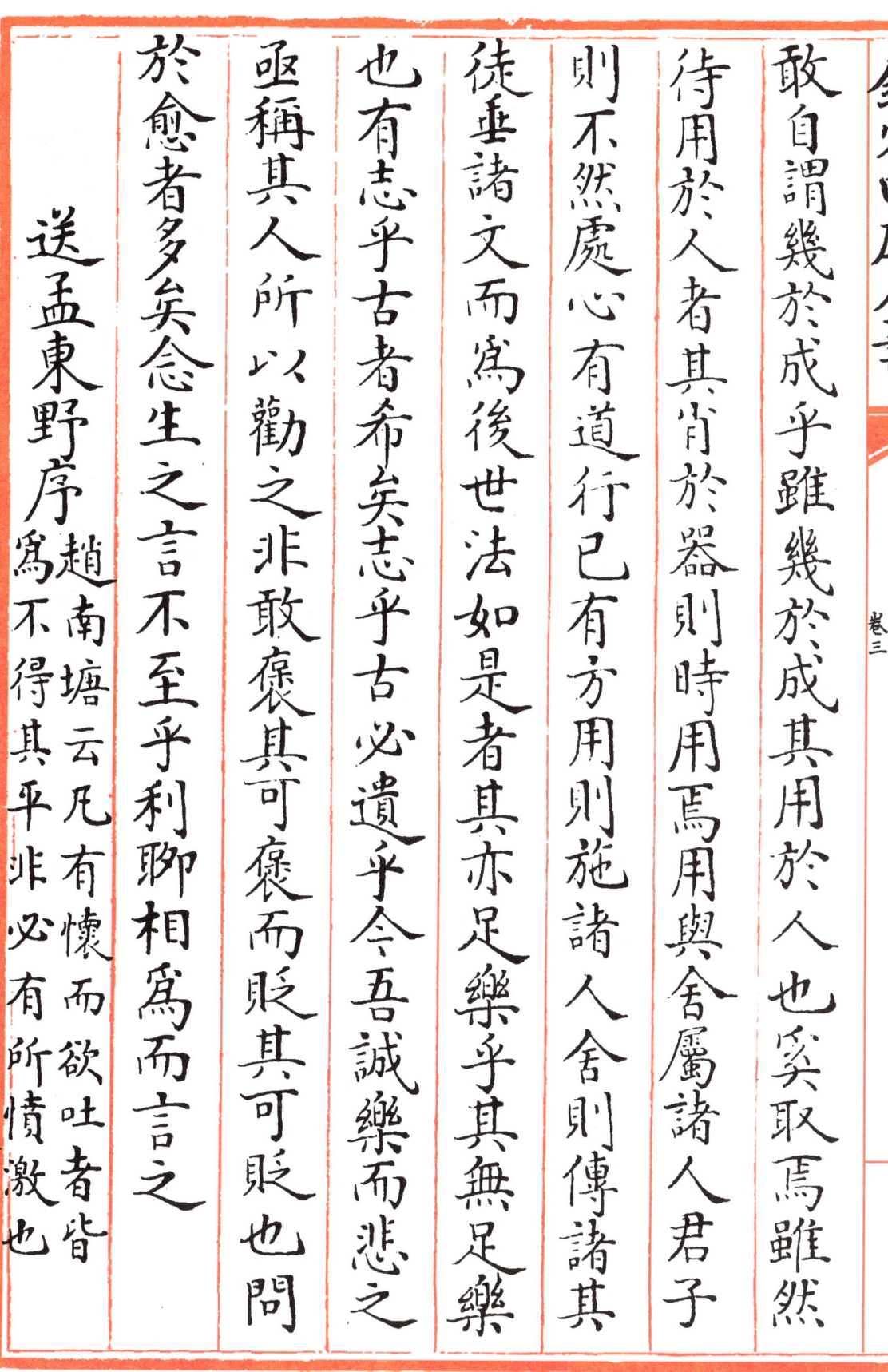

大凡物不得其平則鳴草木之無聲風撓之鳴水之無聲風蕩之鳴其躍也或激之其趨也或梗之其沸也或炙之金石之無聲或擊之鳴人之於言也亦然有不得已者而後言其歌也有思其哭也有懷凡出乎口而爲聲者其皆有弗平者乎樂也者鬱於中而泄於外者也擇其善鳴者而假之鳴金石絲竹匏土革木八者物之善鳴者也維天之於時也亦然擇其善鳴者而假之鳴是故以鳥鳴春以雷鳴夏以蟲鳴秋以風鳴冬四時之

相推奪其必有不得其平者乎其於人也亦然人聲之精者為言文辭之於言又其精者也尤擇其善鳴者而假之鳴其在於唐虞咎陶禹其善鳴者也而假之以鳴夔弗能以文辭鳴又自假於韶以鳴夏之時五子以其歌鳴伊尹鳴殷周公鳴周凡載於詩書六藝皆鳴之善者也周之衰孔子之徒鳴之其聲大而遠傳曰天將以夫子為木鐸其弗信已乎其末也莊周以其荒唐之辭鳴於楚楚大國也其亡也以屈原鳴臧孫辰孟軻荀卿以道鳴者也楊朱墨翟管夷吾晏嬰老聃申不害

韓非慎到田駢鄒衍尸校孫武張儀蘇秦之屬皆以其術鳴秦之興李斯鳴之漢之時司馬遷相如揚雄最其善鳴者也其下魏晉氏之鳴者不及於古然亦未嘗絕也就其善鳴者其聲清以淳其節數以急其辭淫以哀其志弛以肆其爲言也亂雜而無章將天醜其德莫之顧邪何爲乎不鳴其善鳴者也唐之有天下陳子昂蘇源明元結李白杜甫李觀皆以其所能鳴其存而在下者孟郊東野始以其詩鳴其高出晉魏不懈而及於古

其他浸淫乎漢氏矣從吾遊者李翺張籍其尤也三子者之鳴信善矣抑不知天將和其聲而使鳴國家之盛邪抑將窮餓其身思愁其心腸而使自鳴其不幸邪三子者之命則懸乎天矣其在上也奚以喜其在下也奚以悲東野之役於江南也有若不釋然者故吾道其命於天者以解之

此篇謂凡形之於聲皆不得已於不得已之中又有善不善者焉所謂善者又有幸不幸之分則係乎天也

送文暢序

人固有儒名而墨行者問其名則是校其行則非可以與之遊乎如有墨名而儒行者問其名則非校其行則是可以與之遊乎揚子雲稱在門牆則揮之在夷狄則進之吾取以爲法焉文暢喜爲文章其周遊天下凡有行必請於搢紳先生以求詠歌其所志貞元十九年春將行東南柳君宗元爲之請解其裝得所叙詩累百餘篇非至篤好其何能致多如是邪惜其無以聖人之道

告者而徒舉浮屠之說贈焉夫文暢浮屠也如欲聞浮屠之說當自就其師而問之何故謁吾徒而來請也彼見吾君臣父子之懿文物禮樂之盛其心必有慕焉拘其法而未能入故樂聞其說而請之如吾徒者宜當告之以二帝三王之道日月星辰之所以行天地之所以著鬼神之所以幽人物之所以蕃江河之所以流而語之不當又為浮屠之說而瀆告之也民之初生固若禽獸夷狄然聖人者立然後知宮居而粒食親親而尊尊

生者養而死者藏是故道莫大乎仁義教莫正乎禮樂
刑政施之於天下萬物得其宜措之於其躬體安而氣
平堯以是傳之舜舜以是傳之禹禹以是傳之湯湯以
是傳之文武文武以是傳之周公孔子書之於冊中國
之人世守之今浮屠者孰爲而孰傳之邪夫鳥俛而啄
仰而四顧夫獸深居而簡出懼物之爲已害也猶且不
脫焉弱之肉彊之食今吾與文暢安居而暇食優游以
生死與禽獸異者寧可不知其所自邪夫不知者非其

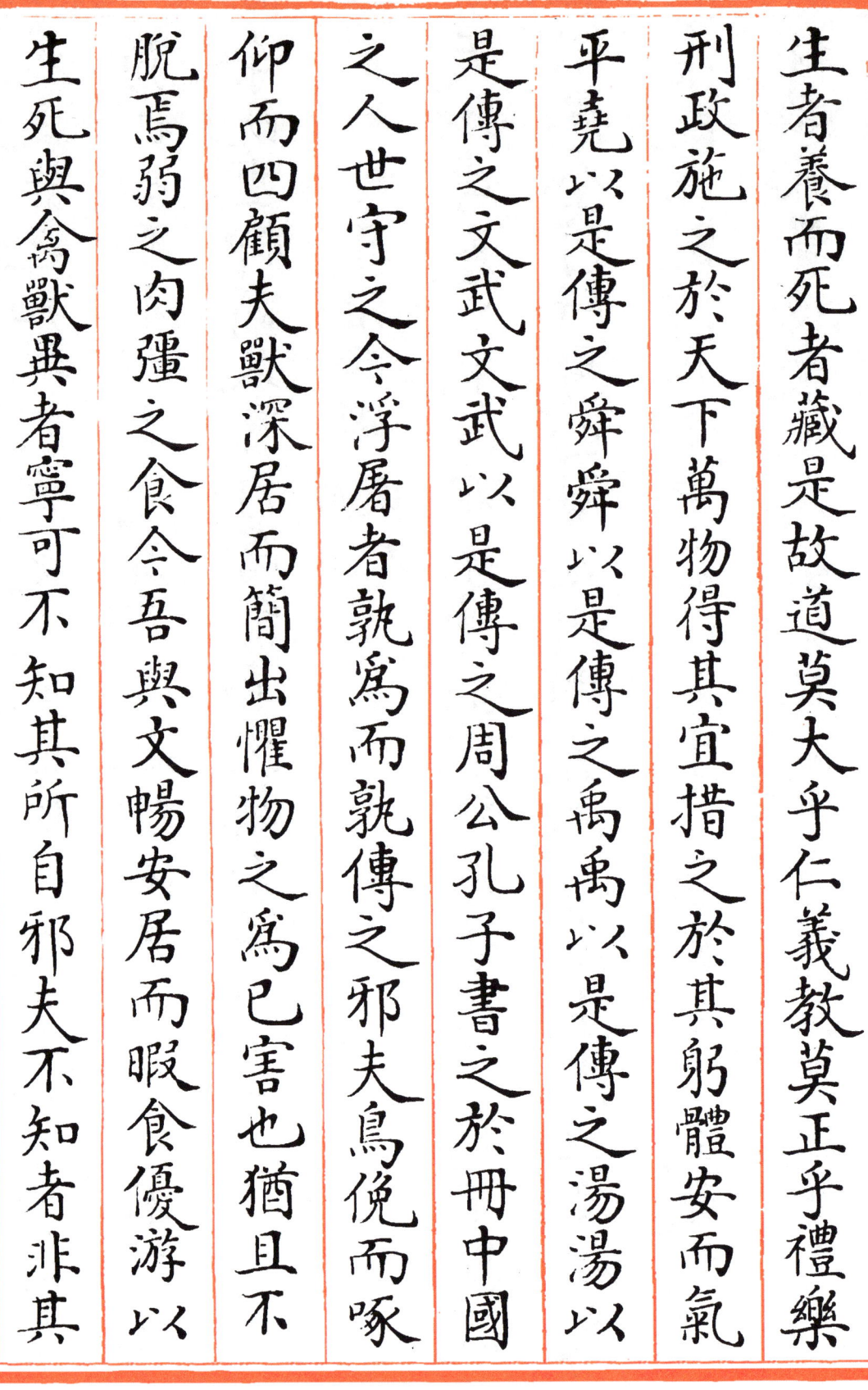

人之罪也知而不爲之者惑也悦乎故不能即乎新者
弱也知而不以告之者不仁也告而不以實者不信也
余既重柳請又嘉浮屠能喜文辭於是乎言

平淮西碑 西山抹本

天以唐克肖其德聖子神孫繼繼承承於千萬年敬戒
不怠全付所覆四海九州罔有内外悉主悉臣高祖太
宗既除既治高宗中睿休養生息至於玄宗受報收功
極熾而豐物衆地大孽芽其間肅宗代宗德祖順考以

勤以〻容大慝適去稂莠不嬦相臣將臣文恬武嬉習熟
見聞以〻爲當然睿聖文武皇帝既受羣臣朝乃考圖數
貢曰嗚呼天既全付予有家令傳次在予〻不能事〻
其何以〻見于郊廟羣臣震慴奔走率職明年平夏又明
年平蜀又明年平江東又明年平澤潞遂定易定致魏
博貝衛澶相無不從志皇帝曰不可究武予其少息九
年蔡將死蔡人立其子元濟以〻請不許遂燒舞陽犯葉
襄等城以〻動東都放兵四刼皇帝歷問于朝一二臣外

皆曰蔡帥之不廷授于今五十年傳三姓四將其樹本
堅兵利卒頑不與他等因撫而有順且無事大官臆決
唱聲萬口和附并爲一談牢不可破皇帝曰惟天惟宗
祖所以付任予者庶其在此予何敢不力況一二臣同
不爲無助曰光顔汝爲陳許帥維是河東魏博郃陽三
軍之在行者汝皆將之曰重胤汝故有河陽懷今益以
汝維是朔方義成陝益鳳翔延慶七軍之在行者汝皆
將之曰弘汝以卒萬二千屬而子公武集往討之曰文

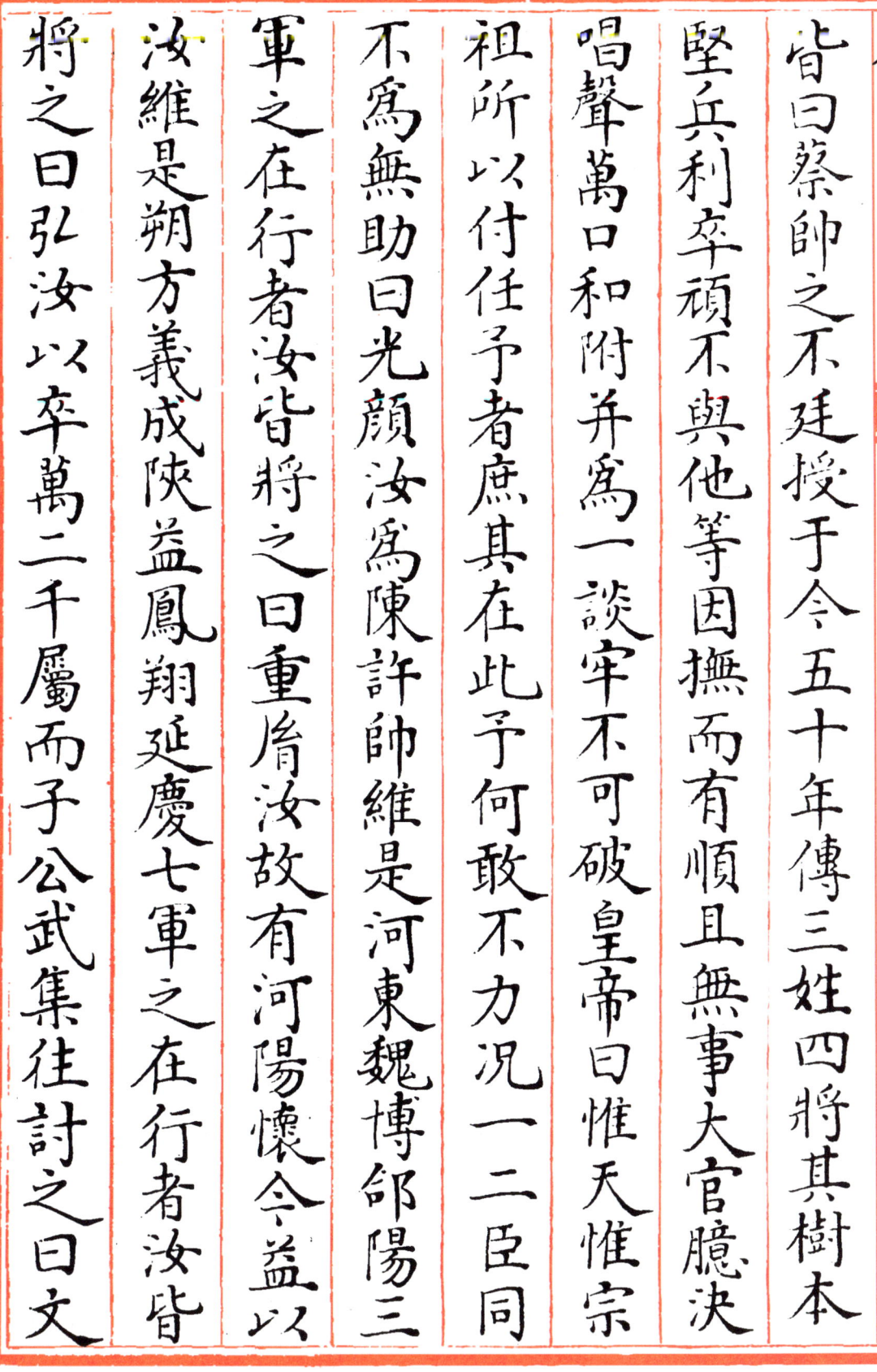

通汝守壽維是宣武淮南宣歙浙西四軍之行于壽者
汝皆將之曰道古汝其觀察鄂岳曰愬汝帥唐鄧隨各
以其兵進戰曰度汝長御史其往視師曰度惟汝予同
汝遂相予以賞罰用命不用命曰弘汝其以節度都統
諸軍曰守謙汝出入左右汝惟近臣其往撫師曰度汝
其往衣服飲食予士無寒無饑以既厥事遂生蔡人賜
汝節斧通天御帶衛卒三百凡茲廷臣汝擇自從惟其
賢能無憚大吏庚申予其臨門送汝曰御史予閔士大

夫戰甚苦自今以往非郊廟祠祀其無用樂顔胄武合攻其北大戰十六得柵城縣二十三降人卒四萬道古攻其東南八戰降卒萬三千再入申破其外城文通戰其東十餘遇降萬二千愬入其西得賊將輒釋不殺用其策戰比有功十二年八月丞相度至師都統弘責戰益急顔胄武合戰益用命元濟盡并其衆洄曲以備十月壬申愬用所得賊將自文城因天大雪疾馳百二十里用夜半到蔡破其門取元濟以獻盡得其屬人卒辛

已丞相度入蔡以皇帝命赦其人淮西平大饗賚功師
還之日因以其食賜蔡人凡蔡卒三萬五千其不樂爲
兵願歸爲農者十九悉縱之斬元濟於京師冊功弘加
侍中愬爲左僕射帥山南東道顔胤皆加司空公武以
散騎常侍帥鄜坊丹延道古進大夫文通加散騎常侍
丞相度朝京師進封晉國公進階金紫光祿大夫以舊
官相而以其副總爲工部尚書領蔡任既還奏羣臣請
紀聖功被之金石皇帝以命臣愈臣愈再拜稽首而獻

文曰唐承天命遂臣萬方孰居近土襲盜以狂往在玄
宗崇極而圮河北悍驕河南附起四聖不宥屢興師征
有不能尅益戍以兵夫耕不食婦織不裳輸之以車爲
卒賜糧外多失朝曠不嶽狩百隸怠官事亡其舊帝時
繼位顧瞻咨嗟惟汝文武孰恤予家既斬吳蜀旋取山
東魏將首義六州降從淮蔡不順自以爲强提兵叫讙
欲事故常始命討之遂連姦鄰陰遣刺客來賊相臣方
戰未利內驚京師羣公上言莫若惠來帝爲不聞與神

爲謀乃相同德以訖天誅乃敕顔胥揔武古通咸統於
弘各奏汝功三方分攻五萬其師大軍北乘厥數倍之
常兵洄曲軍士蠢蠢既翦陵雲蔡卒大窘勝之邵陵郾
城來降自夏入秋復屯相望兵頓不勵告功不時帝哀
征夫命相往釐士飽而歌馬騰於槽試之新城賊遇敗
逃盡抽其有聚以防我西師躍入道無留者頟頟蔡城
其疆千里既入而有莫不順俟帝有恩言相度來宣誅
止其魁釋其下人蔡之卒夫投甲呼舞蔡之婦女迎門

笑語蔡人告饑船粟往哺蔡人告寒賜以繒布始時蔡
人禁不往來今相從戲里門夜開始時蔡人進戰退戮
令盱而起左飧右粥爲之擇人以收餘憊選吏賜牛教
而不税蔡人有言始迷不知今乃大覺羞前之爲蔡人
有言天子明聖不順族誅順保性命汝不吾信視此蔡
方孰爲不順往斧其吭凡叛有數聲勢相倚吾强不支
汝弱奚恃其告而長而父而兄奔走偕來同我太平淮
蔡爲亂天子伐之既伐而饑天子活之始議伐蔡卿士

莫隨既伐四年小大並疑不赦不疑由天子明凡此蔡
功惟斷乃成既定淮蔡四夷畢來遂開明堂坐以治之

應科目時與人書

月日愈再拜天地之濵大江之濆曰有怪物焉蓋非常
鱗凡介之品彙匹儔也其得水變化風雨上下於天不
難也其不及水蓋尋常尺寸之間耳無高山大陵曠途
絶險為之關隅也然其窮涸不能自致乎水為獱獺之
笑者蓋十八九矣如有力者哀其窮而運轉之蓋一舉

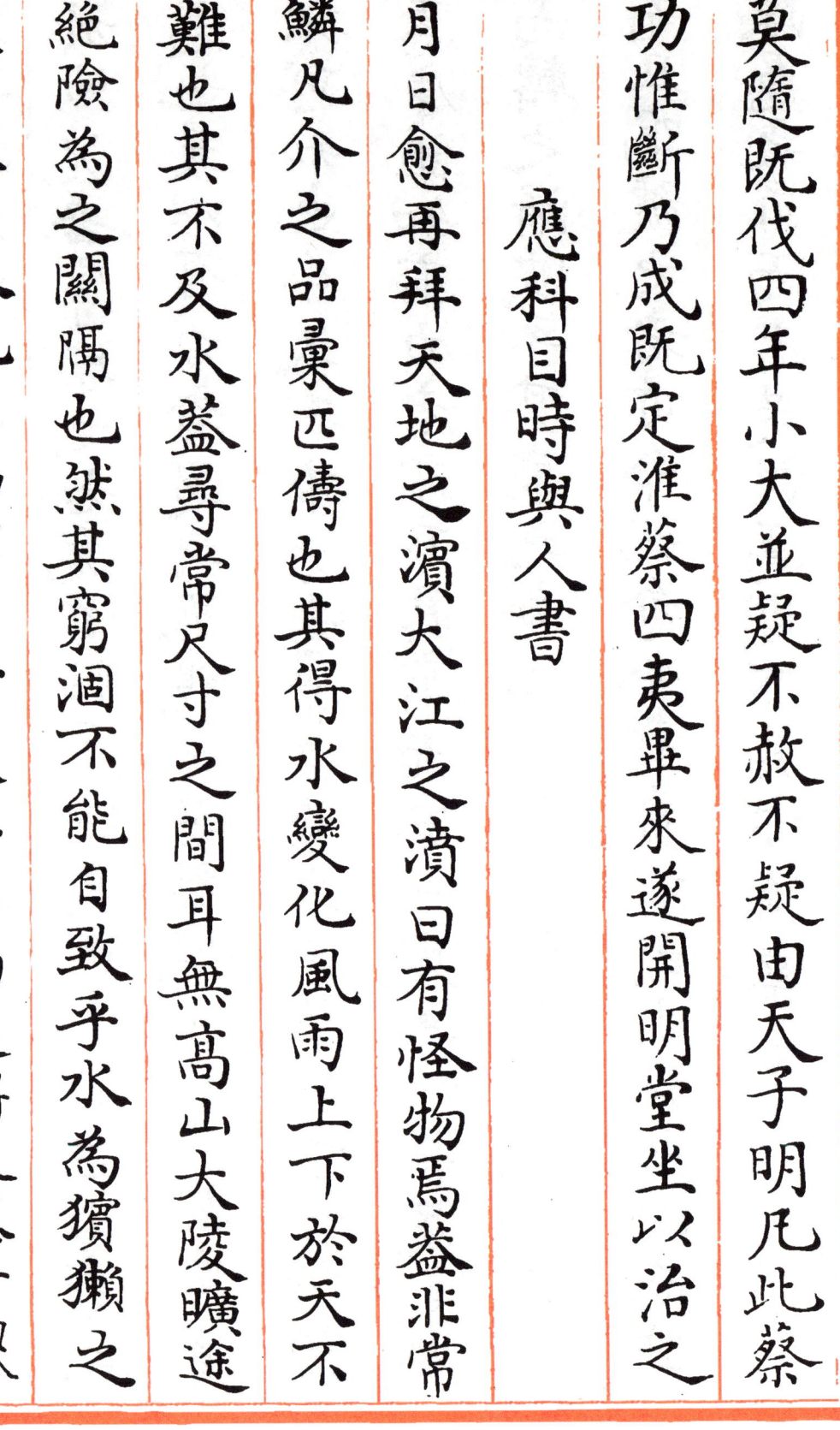

手一投足之勞也然是物也負其異於衆也且曰爛死於沙泥吾寧樂之若俛首帖耳摇尾而乞憐者非我之志也是以有力者遇之熟視之若無覩也其死其生固不可知也今又有有力者當其前矣聊試仰首一鳴號焉庸詎知有力者不哀其窮而忘一舉手一投足之勞而轉之清波乎其哀之命也其不哀之命也知其在命而且鳴號之者亦命也愈今者實有類於是是以忘其疎愚之罪而有是說焉閤下其亦憐察之

柳子厚梓人傳

裴封叔之第在光德里有梓人款其門願傭隟宇而處焉所職尋引規矩繩墨家不居龍礱斵之器問其能曰吾善度材視棟宇之制高深圓方短長之宜吾指使而羣工役焉捨我衆莫能就一宇故食於官府吾受祿三倍作於私家吾收其直大半焉他日入其室其牀闕足而不能理曰將求他工余甚笑之謂其無能而貪祿嗜貨者其後京兆尹將飾官署余往過焉委羣材會衆工或

執斧斤或執刀鋸皆環立嚮之梓人左持引右執杖而中處焉量棟宇之任視木之能舉揮其杖曰斧彼執斧者奔而右顧而指曰鋸彼執鋸者趨而左俄而斤者斵刀者削皆視其色俟其言莫敢自斷者其不勝任者怒而退之亦莫敢慍焉畫宮於堵盈尺而曲盡其制計其毫釐而構大廈無進退焉既成書于上棟曰某年某月某日某建則其姓字也凡執用之工不在列余圜視大駭然後知其術之工大矣繼而嘆曰彼將捨其手藝專

其心智而能知體要者歟吾聞勞心者役人勞力者役於人彼其勞心者歟能者用而智者謀彼其智者歟是足為佐天子相天下法矣物莫近乎此也彼為天下者本於人其執役者為徒隸為鄉師里胥其上為下士又其上為中士為上士又其上為大夫為卿為公離而為六職判而為百役外薄四海有方伯連帥郡有守邑有宰皆有佐政其下有胥吏又其下皆有嗇夫版尹以就役焉猶衆工之各有執伎以食力也彼佐天子相天下

者舉而加焉指而使焉條其綱紀而盈縮焉齊其法制而整頓焉猶梓人之有規矩繩墨以定制也擇天下之士使稱其職居天下之人使安其業視都知野視野知國視國知天下其遠邇細大可手據其圖而究焉猶梓人畫宮於堵而績于成也能者進而用之使無所德不能者退而休之亦莫敢愠不衒能不矜名不親小勞不侵衆官日與天下之英才討論其大經猶梓人之善運衆工而不伐藝也夫然後相道得而萬國理矣相道既

得萬國既理天下舉首而望曰吾相之功也後之人循
跡而慕曰彼相之才也士或談殷周之理者曰伊傅周
召其百執事之勤勞而不得紀焉猶梓人自名其功而
執用者不列也大哉相乎通是道者所謂相而已矣其
不知體要者反此以恪謹爲公以簿書爲尊衒能矜名
親小勞侵衆官竊取六職百役之事听听於府廷而遺
其大者遠者焉所謂不通是道者也猶梓人而不知繩
墨之曲直規矩之方圓尋引之短長姑奪衆工之斧斤

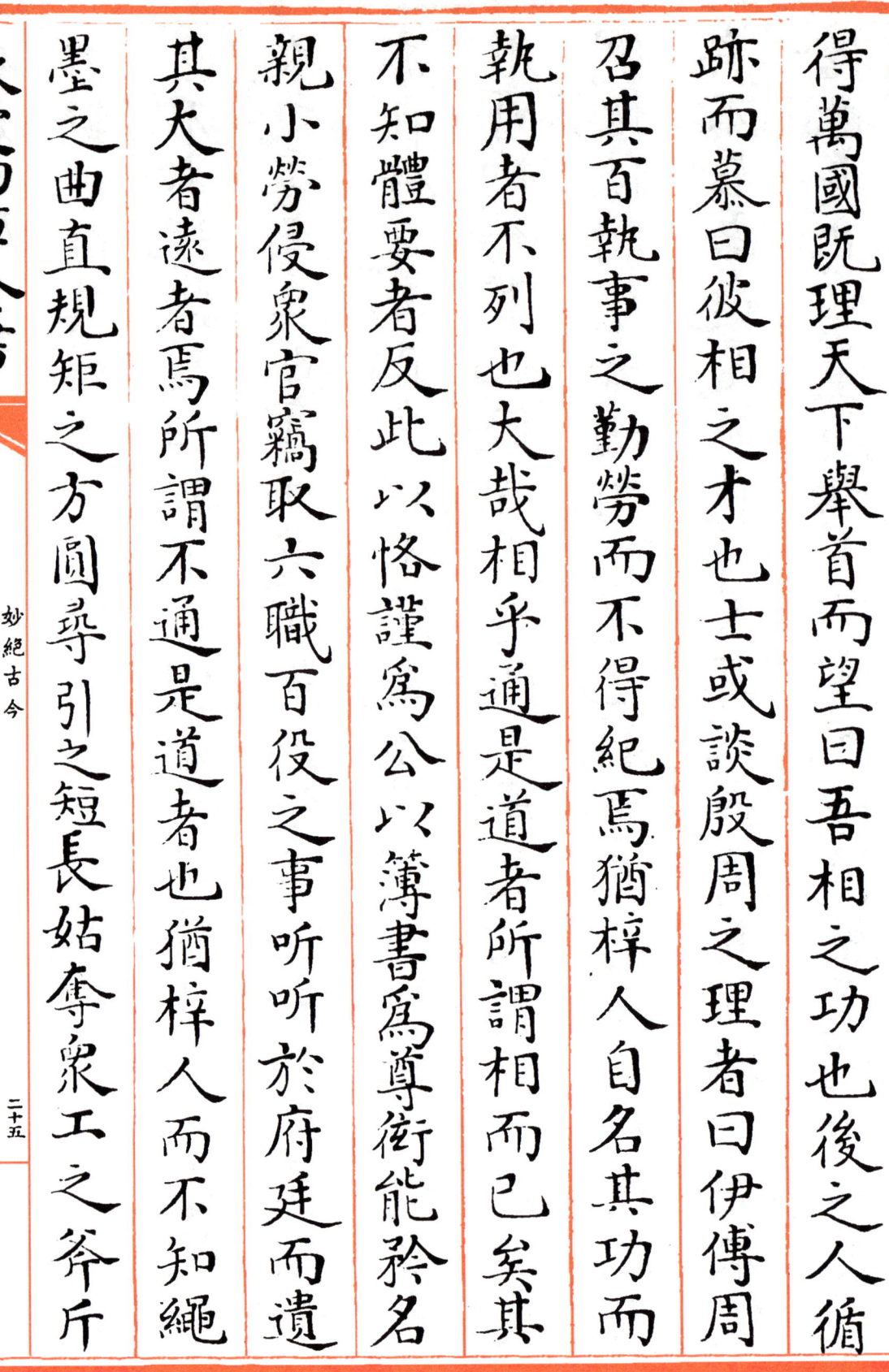

刀鋸以佐其藝又不能備其工以至敗績用而無所成也不亦謬歟或曰彼主爲室者儻或發其私智牽制梓人之慮奪其世守而道謀是用雖不能成功豈其罪邪亦在任之而已余曰不然夫繩墨誠陳規矩誠設高者不可抑而下也狹者不可張而廣也由我則固不由我則圮彼將樂去固而就圮也則卷其術黙其智悠然而去不屈吾道是誠良梓人耳其或嗜其貨利忍而不能捨也喪其制量屈而不能守也棟橈屋壞則曰非我罪

也可乎哉可乎哉余謂梓人之道類於相故書而藏之
梓人蓋古之審曲面勢者今謂之都料匠云余所遇者
楊氏潛其名

杜牧之守論

往年兩河盜起屠囚大臣劫戮二千石國家不議誅洗
束兵自守反修大歷貞元故事而行姑息之政是使逆
輩益横終唱患禍故作守論焉
厥今天下何如哉干戈朽鈇鉞鈍含弘混貸煦育逆孽

而殆爲故常而執事大人曾不歴筭周思以爲宿謀方
且嵬岸抑揚自以爲廣大繁昌莫已若也嗚呼其不知
乎其俟蹇頓顛傾而後爲之支計乎且天下幾里列郡
幾所而自河以北蟠城數百金堅蔓織角奔爲寇伺吾
人之顛頽天時之不利則將與其朋伍羅絡郡國將駭
亂吾民於掌股之上耳今者及吾之壯不圖擒取而乃
偷處恬逸次第相付以爲後世子孫背脅疽根此復何
也今之議者咸曰夫倔强之徒吾以良將勁兵以爲銜

策高位美爵充飽其腸安而不撓外而不拘亦猶豢擾
虎狼而不拂其心則忿氣不萌此大歷貞元所以守邦
也亦何必疾戰焚煎吾民然後以爲快也愚曰大歷貞
元之間適以此爲禍也當是之時有城數十千百卒夫
則朝廷待之貸以法故於是乎闊視大言自樹一家破
制削法角爲尊奢天子養威而不問有司守恬而不呵
王侯通爵越錄受之覲聘不來几杖扶之逆息虜嗣皇
子嬪之裝緣采飾無不備之是以地益廣兵益强僭擬

益甚侈心益昌於是土田名器分劃殆盡而賊夫貪心
未及畔岸遂有淫名越號或帝或王盟詛自立恬淡不
畏走兵四畧以飽其志者也是以趙魏燕齊卓起大倡
梁蔡吳蜀躡而和之其餘混澒軒嚣欲相效者往往而
是運遭孝武宵旰不忘前英後傑夕思朝議故能大者
誅鋤小者惠來不然周泰之郊幾爲犯獵哉大抵生人
油然多欲欲而不得則怒怒則争亂隨之是以教筈於
家刑罰於國征伐於天下此所以裁其欲而塞其争也

大歷貞元之間盡反此道提區區之有而塞無涯之争
是以首尾指支幾不能相運掉也今者不知此非而反
用以爲經愚見爲盜者非止於河北而已嗚呼大歷貞
元守邦之術永戒之哉

范文正公嚴先生祠堂記晦菴云胡文定父子最輕下人獨服此記云

先生光武之故人也相尚以道及帝握赤符乘六龍得
聖人之時臣妾億兆天下孰加焉惟先生以節高之既

而動星象歸江湖得聖人之清泥塗軒冕天下孰加焉
惟光武以禮下之在蠱之上九衆方有為而獨不事王
侯高尚其事先生以之在屯之初九陽德方亨而能以
貴下賤大得民也光武以之葢先生之心出乎日月之
上光武之量包乎天地之外微先生不能成光武之大
微光武豈能遂先生之高哉而使貪夫廉懦夫立是大
有功於名教也仲淹來守是邦始構堂而奠焉乃復為
其後者四家以奉祠事又從而歌曰雲山蒼蒼江水泱

泱先生之風山高水長

妙絶古今卷三

欽定四庫全書

妙絕古今卷四

宋 湯漢 編

歐陽子送徐無黨序 本春秋傳立德立言立功之論

草木鳥獸之爲物衆人之爲人其爲生雖異而爲死則同一歸於腐壞澌盡泯滅而已而衆人之中有聖賢者固亦生且死於其間而獨異於草木鳥獸衆人者雖死而不朽愈遠而彌存也其所以爲聖賢者脩之於身施

之於事見之於言是三者所以能不朽而存也修於身
者無所不獲施於事者有得有不得焉其見於言者則
又有能有不能也施於事矣不見於言可也自詩書史
記所傳其人豈必皆能言之士哉修於身矣而不施於
事不見於言亦可也孔子弟子有能政事者矣有能言
語者矣若顔回者在陋巷曲肱饑卧而已其羣居則默
然終日如愚人然自當時羣弟子皆推尊之以爲不敢
望而及而後世更百千歲亦未有能及之者其不朽而

存者固不待施於事況於言乎予讀班固藝文志唐四
庫書目見其所列自三代秦漢以來著書之士多者至
百餘篇少者猶三四十篇其人不可勝數而散亡磨滅
百不一二存焉予竊悲其人文章麗矣言語工矣無異
草木榮華之飄風鳥獸好音之過耳也方其用心與力
之勞亦何異衆人之汲汲營營而忽焉以死者雖有遲
有速而卒與三者同歸於泯滅夫言之不可恃也蓋如
此今之學者莫不慕古聖賢之不朽而勤一世以盡心

於文字間者皆可悲也東陽徐生少從予學爲文章稍稍見稱於人既去而與羣生試於禮部得高第由是知名其文辭日進如水涌而山出予欲摧其盛氣而勉其思也故於其歸告以是言然予固亦喜爲文辭者亦因以自警焉

蘇子美文集序

予友蘇子美之亡後四年始得其平生文章遺藁於太子太傅杜公之家而集錄之以爲十卷子美杜氏壻也

遂以其集歸之而告于公曰斯文金玉也棄擲埋没糞
土不能銷蝕其見遺于一時必有收而寶之于後世者
雖其埋没而未出其精氣光怪已能常自發見而物不
能揜也故方其擯斥摧折流離窮厄之時文章已自行
于天下雖其怨家仇人及嘗能出力而擠之死者至其
文章則不能少毀而掩蔽之也凡人之情忽近而貴遠
子美屈于今世猶若此其伸於後世宜如何也公其可
無恨予嘗考前世文章政理之盛衰而怪唐太宗致治

幾乎三王之盛而文章不能革五代之餘習後百有餘年韓李之徒出然後元和之文始復于古唐衰兵亂又百餘年而聖宋興天下一定晏然無事又幾百年而古文始盛于今自古治時少而亂時多幸時治矣文章或不能純粹或遲久而不相及何其難之若是耶豈非難得其人歟苟一有其人又幸而及出于治世世其可不爲之貴重而愛惜之歟嗟吾子美以一酒食之過至廢爲民而流落以死此其可以嘆息流涕而爲當世仁人

君子之職位宜與邦家樂育賢材者惜也子美之齒少
於予而予學古文反在其後天聖之間予舉進士于有
司當時學者務以言語聲偶擿裂號爲時文以相誇尚
而子美獨與其兄才翁及穆參軍伯長作爲古歌詩雜
文時人頗共非笑之而子美不顧也其後天子患時文
之弊下詔書諷勉學者以近古由是其風漸息而學者
稍趨於古焉獨子美爲於舉世所不爲之時其始終自
守不牽世俗趨舍可謂特立之士也子美官至大理評

事集賢校理而廢後爲湖州長史以卒享年四十有一其狀貌奇偉望之昂然而即之温温久而愈可愛慕其材雖高而人亦不甚嫉忌其擊而去之者意不在子美也賴天子聰明仁聖凡當時所指名而排斥二三大臣而下欲以子美爲根而累之者皆蒙保全今並列於榮寵雖與子美同時飲酒得罪之人多一時之英豪亦被收采進顯于朝廷而子美獨不幸死矣豈非其命也悲夫

答吳充秀才書

前辱示書及文三篇發而讀之浩浩乎若千萬言之多及少定而視焉纔數百言爾非夫辭豐意雄霈然有不可禦之勢何以至此然猶自患倀倀然莫有開之使前者此好學之謙言也修才不足用於時仕不足榮於世其毀譽不足輕重氣力不足動人世之欲假譽以爲重借力而後進者奚取於修焉先輩學精文雄其施於時又非待修譽而爲重力而後進者也然而惠然見臨若

有所貴得非急於謀道不擇其人而問焉者歟夫學者未始不為道而至者鮮焉非道之於人遠也學者有所溺焉耳葢文之為言難工而可喜易悅而自足世之學者往往溺之一有工焉則曰吾學足矣甚者至棄百事不關于心曰吾文士也職於文而已此其所以至之鮮也昔孔子老而歸魯六經之作數年之頃耳然讀易者如無春秋讀書者如無詩何其用力少而至于此也聖人之文雖不可及然大抵道勝者文不難而自至也故

孟子皇皇不暇著書荀卿蓋亦晚而有作若子雲仲淹
方勉焉以模言語此道未足而强言者也後之惑者徒
見前世之文傳以爲學者文而已故愈力愈勤而愈不
至此足下所謂終日不出于軒序不能縱横高下皆如
意者道未足也若道之充焉雖行乎天地入于淵泉無
不之也先輩之文浩乎霈然可謂善矣而又志於爲道
猶自以爲未廣若不止焉孟荀可至而不難也修學道
而不至者然幸不甘于所僥而溺于所止因吾子之能

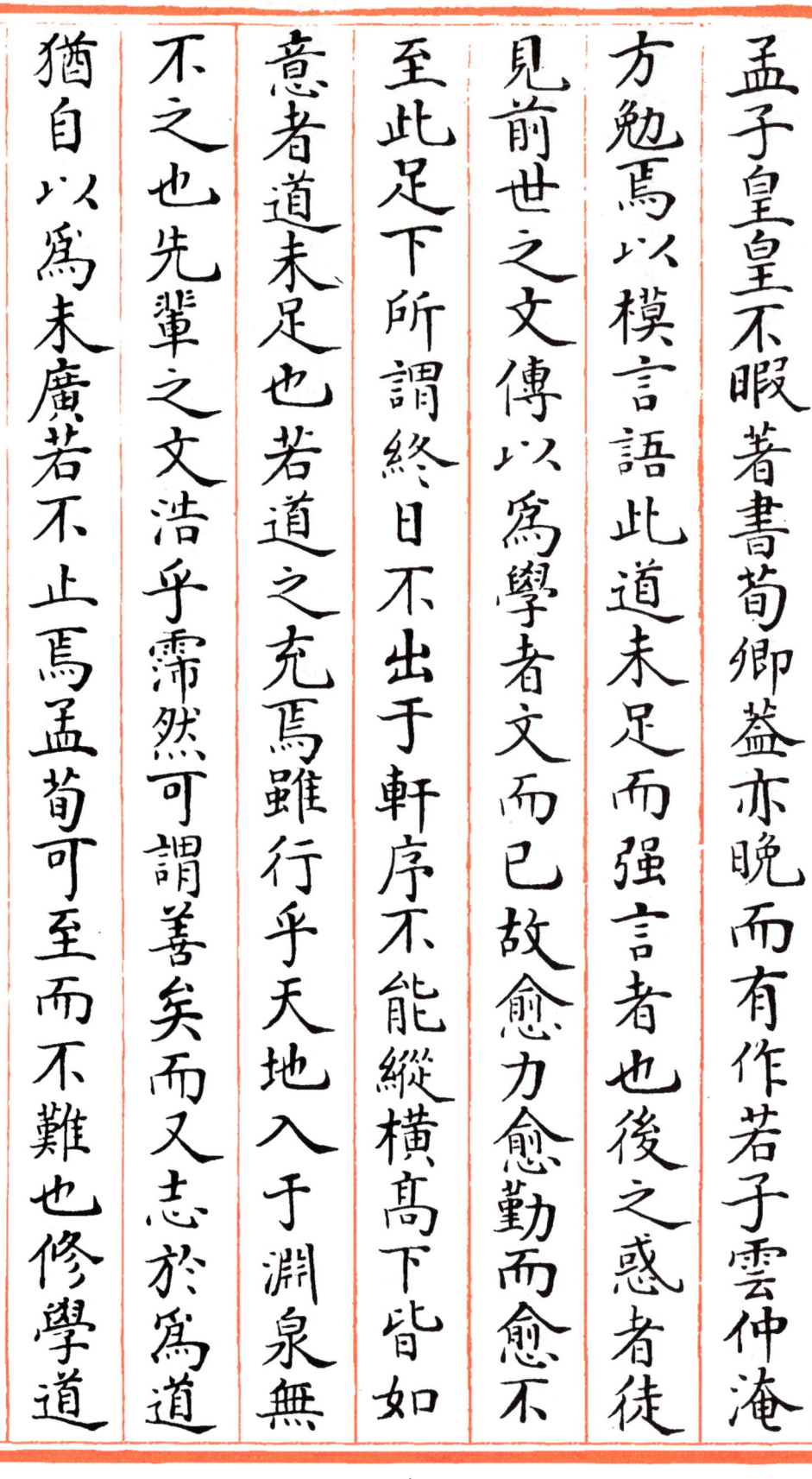

不自止又以勵修之少進焉

豐樂亭記　公與聖俞書云明年夏因飲滁水甚甘問之云云近時有讀書者評此記云始飲未詳蓋未見此書耳

修既治滁之明年夏始飲滁水而甘問諸滁人得於州南百步之近其上則豐山聳然而特立下則幽谷窈然而深藏中有清泉滃然而仰出俯仰左右顧而樂之於是疏泉鑿石闢地以爲亭而與滁人往游其間滁於五代干戈之際用武之地也昔太祖皇帝嘗以周師破李

景兵十五萬於清流山下生擒其將皇甫暉姚鳳於滁
東門之外遂以平滁修嘗考其山川按其圖記升高以
望清流之關欲求暉鳳就擒之所而故老皆無在者蓋
天下之平久矣自唐失其政海内分裂豪傑並起而
爭所在爲敵國何可勝數及宋受命聖人出而四海一
向之憑恃險阻剗削消磨百年之間漠然徒見山高而
水清欲問其事則遺老盡矣今滁介于江淮之間舟車
商賈四方賓客之所不至民生不見外事而安於畎畝

衣食以樂生送死而孰知上之功德休養生息涵煦百年之深也修之來此樂其地僻而事簡又愛其俗之安閑既得斯泉于山谷之間乃日與滁人仰而望山俯而聽泉掇幽芳而蔭喬木風霜冰雪刻露清秀四時之景無不可愛又幸其民樂其歲物之豐成而喜與予游也因為本其山川道其風俗之美使民知所以安其豐年之樂者幸生無事之時也夫宣上恩德以與民共樂刺史之事也遂書之以名其亭焉

瀧岡阡表

嗚呼惟我皇考崇公卜吉于瀧岡之六十年其子修始克表於其阡非敢緩也蓋有待也修不幸生四歲而孤太夫人守節自誓居貧自力於衣食以長以教俾至于成人太夫人告之曰汝父爲吏廉而好施與喜賓客其俸祿雖薄常不使有餘曰毋以是爲我累也故其亡也無一瓦之覆一壠之植以庇而爲生吾何恃而能自守邪吾於汝父知其一二以有待於汝也自吾爲汝家婦

不及事吾姑然知汝父之能養也汝孤而幼吾不能知汝之必有立然知汝父之必將有後也吾之始歸也汝父免於母喪方逾年歲時祭祀則必涕泣曰祭而豐不如養之薄也間御酒食則又涕泣曰昔常不足而今有餘其何及也始吾一二見之以爲新免于喪適然耳既而其後常然至其終身未嘗不然吾雖不及事姑而以此知汝父之能養也汝父爲吏常夜燭治官書屢廢而歎吾問之則曰此死獄也我求其生不得耳吾曰生可

求乎曰求其生而不得則死者與我皆無恨也矧求而
有得者邪以其求而得則知不求而死者有恨也夫常
求其生猶失之死而世常求其死也回顧乳者抱汝而
立于旁因指而歎曰術者謂我歲行在戌將死使其言
然吾不及見兒之立也後當以我語告之其平居教他
子弟常用此語吾耳熟焉故能詳也其施於外事吾不
能知其居于家無所矜飾而所爲如此是真發于中者
也嗚呼其心厚于仁者邪此吾知汝父之必將有後也

汝其勉之夫養不必豐要于孝利雖不得博於物要其心之厚于仁吾不能教汝此汝父之志也修泣而志之不敢忘先公少孤力學咸平三年進士及第爲道州判官泗綿二州推官又爲泰州判官享年五十有九葬沙溪之瀧岡太夫人姓鄭氏考諱德儀世爲江南名族太夫人恭儉仁愛而有禮初封福昌縣太君進封樂安安康彭城三郡太君自其家少微時治其家以儉約其後常不使過之曰吾兒不能苟合於世儉薄所以居患難

也其後修貶夷陵太夫人言笑自若曰汝家故貧賤也吾處
之有素矣汝能安之吾亦安矣自先公亡二十年修始得禄
而養又十有二年列官于朝始得贈封其親又十年修爲龍
圖閣直學士尚書吏部郎中留守南京太夫人以疾終
于官舍享年七十有二又八年修以非才入副樞密遂
參政事又七年而罷自登二府天子推恩褒其三世故
自嘉祐以來逢國大慶必加寵錫皇曾祖府君累贈金
紫光禄大夫太師中書令曾祖妣累贈楚國太夫人皇

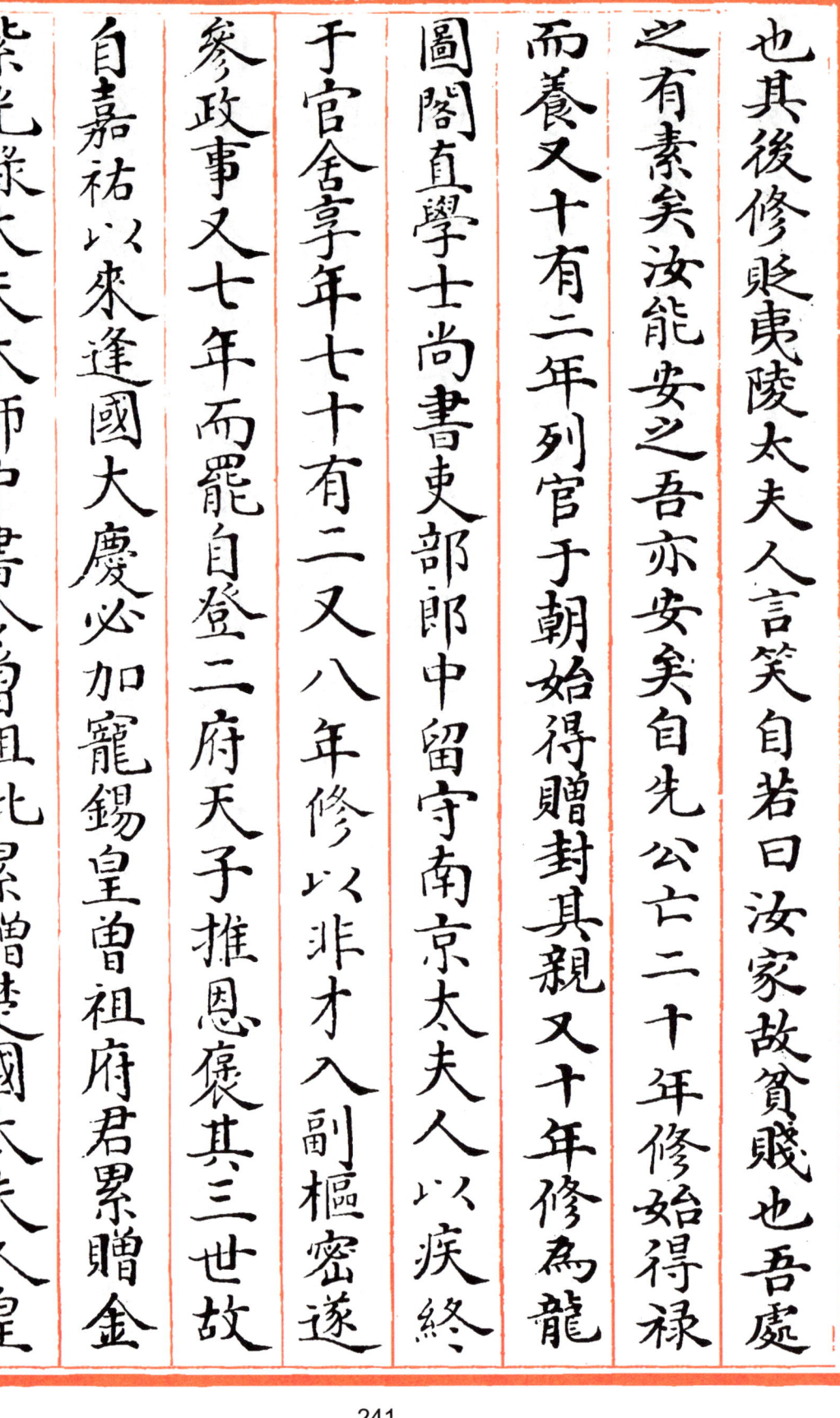

祖府君累贈金紫光禄大夫太師中書令兼尚書令祖
妣累封吳國太夫人皇考崇公累贈金紫光禄大夫太
師中書令兼尚書令皇妣累封越國太夫人今上初郊皇
考賜爵爲崇國公太夫人進號魏國於是小子修泣而
言曰嗚呼爲善無不報而遲速有時此理之常也惟我
祖考積善成德宜享其隆雖不克有于其躬而錫爵受
封顯榮褒大實有三朝之錫命是足以表見于後世而
庇賴其子孫矣乃列其世譜具刻于碑既又載我皇考

崇公之遺訓太夫人之所以教而有待于修者並揭于阡俾知夫小子修之德薄能鮮遭時竊位而幸全大節不辱其先者其來有自

唐史高祖紀贊

自古受命之君非有德不王自夏后氏以來始傳以世而有賢有不肖故其為世數亦或短或長論者乃謂周自后稷至於文武積功累仁其來也遠故其為世尤長然考於世本夏商周皆出于黄帝夏自鯀以前商自契至於成湯其間寂寥

無聞與周之興異矣而漢亦起于亭長叛亡之徒及其興也有天下皆數百年而後已由是言之天命豈易知哉考其終始治亂顧其功德有厚薄與其制度紀綱所以維持者如何而其後世或寖以隆昌或遽以壞亂或漸以陵遲或能振而復起或遂至于不可支持雖各因其勢然有德則興無德則絶豈非所謂天命者雖不顯其符而俾有國者兢兢以自勉耶唐在周隋之際世雖貴矣然烏有所謂積功累仁之漸而高祖之興亦何異因時而特起者與雖其有治有亂或絶或微然其有天下年幾

三百可謂盛哉豈非人厭隋亂而蒙唐德澤繼以太宗之治制
度紀綱之法後世有以憑藉扶持而能永其天命者歟

五代史王進傳贊

嗚呼予述舊史至于王進之事未嘗不廢書而歎曰甚哉五代
之君皆武人崛起其所與俱勇夫悍卒各裂土地封侯王何異
豺狼之牧斯人也雖其附託遭遇出于一時之幸然猶必皆横
身陣敵非有百夫之勇則必一日之勞至如進者徒以疾足善
走而秉旄節何其甚歟豈非名器之用隨世而輕重者歟世治

則君子居之而重世亂則小人易得而輕歟抑因緣僥倖未始不有而尤多于亂世既其極也遂至於是歟豈其又有甚于是者歟當此之時為國家者不過十餘年短者三四年至一二年天下之人視其上易君代國如更戍長無異葢其輕如此況其下者乎如進等者豈足道哉易否泰消長君子小人常相上下視在上者如進等則其在下者可知矣予書進事所以哀斯人之亂而見當時賢人君子之在下者可勝道哉可勝道哉

曾南豐新序目錄序

古之治天下者一道德同風俗蓋九州之廣萬民之衆千歲之遠其教已明其習已成之後所守者一道所傳者一說而已故詩書之文歷世數十作者非一而其言未嘗不相爲終始化之如此其至也當是之時異行者有誅異言者有禁防之又如此其備也故二帝三王之際及其中間嘗更衰亂而餘澤未熄之時百家衆說未有能出于其間者也及周之末世先王之教化法度既

廢餘澤既熄世之治方術者各得其一偏故人奮其私智家尚其私學者蠭起於中國皆明其所長而昧其所短矜其所得而諱其所失天下之士各自爲方而不能相通世之人不復知夫學之有統道之有歸也先王之遺文雖在皆絀而不講況至于秦爲世之所大禁哉漢興六藝皆得於散絶残脱之餘世復無明先王之道以一之者諸儒苟見傳記百家之言皆悅而嚮之故先王之道爲衆說之所蔽闇而不明鬱而不發而怪奇可喜

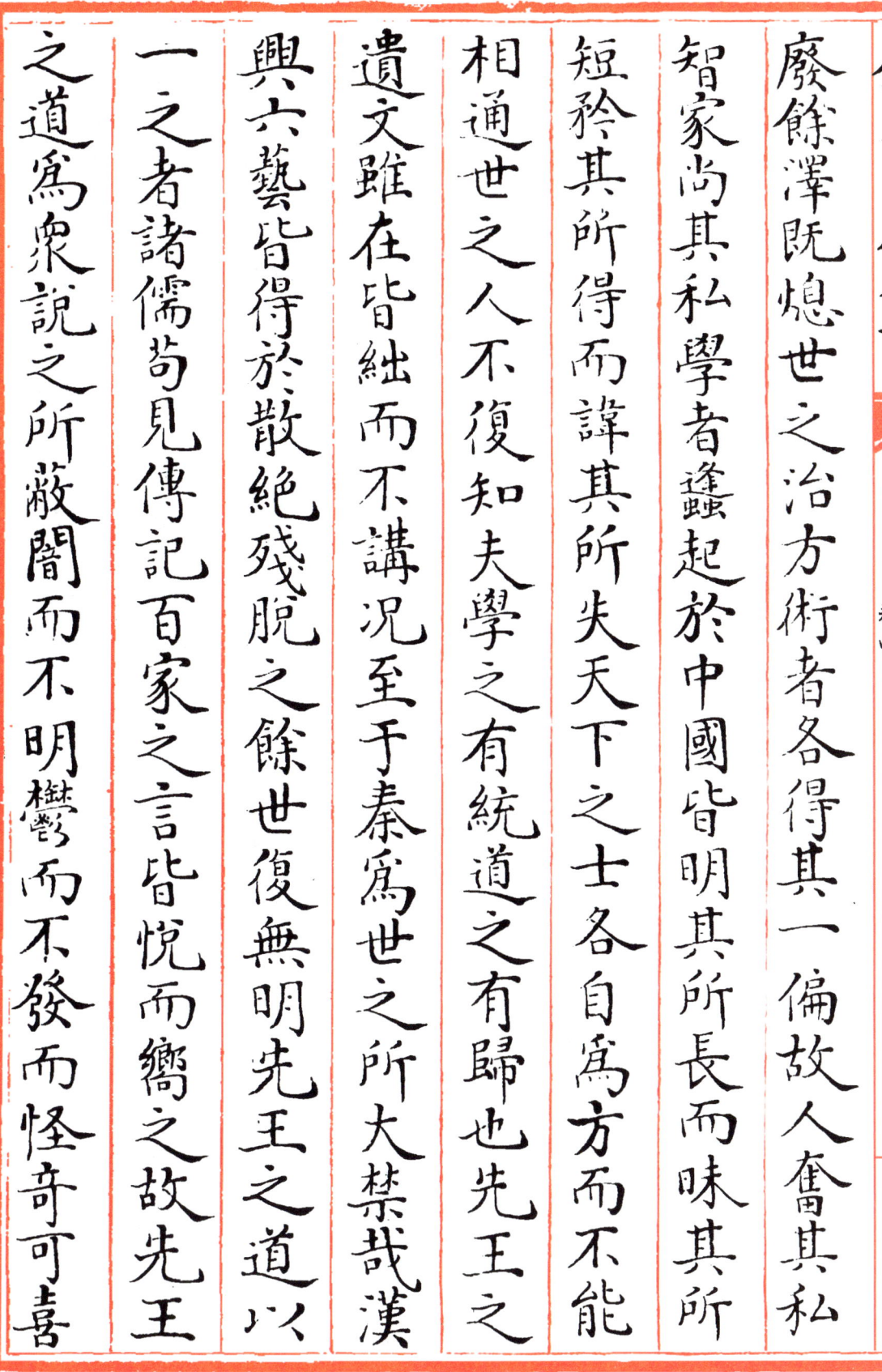

之論各師異見皆自名家者誕謾於中國一切不異于
周之末世其弊至於今尚在也自斯以來天下學者知
折衷於聖人而能純于道德之美者揚雄氏而止耳如
向之徒皆不免乎爲衆說之蔽而不知有所折衷者也
孟子曰待文王而後興者凡民也豪傑之士雖無文王
猶興漢之士豈特無明先王之道以一之者哉亦其出
於是時者豪傑之士少故不能特起于流俗之中絕學
之後也蓋向之序此書于今最爲近古雖不能無失然

遠至舜禹而次及于周秦以來古人之嘉言善行亦往往而在也要在慎取之而已故臣既惜其不可見者而校其可見者特詳焉亦足以知臣之攻其失者豈好辯哉臣之所不得已也

南齊書目錄序

將以是非得失興壞理亂之故而爲法戒則必得其所託而後能傳于久此史之所以作也然而所託不得其人則失其意或亂其實或析理之不通或設辭之不善

故雖有殊功偉德非常之迹將闇而不章鬱而不發而
檮杌嵬瑣姦回凶惡之形可幸而掩也嘗試論之古之
所謂良史者其明必足以周萬事之理其道必足以適
天下之用其智必足以通難知之意其文必足以發難
顯之情然後其任可得而稱也何以知其然邪昔者唐
虞有神明之性微妙之德使由之者不能知知之者不
能名以爲治天下之本號令之所布法度之所設其言
至約其體至備以爲治天下之具而爲至典者推而明

妙絕古今

五

之所記者豈獨其迹耶并與其深微之意而傳之小大
粗精無不盡也本末先後無不白也使誦其說者如出
乎其時求其指者如即乎其人是可不謂明足以周萬
事之理道足以適天下之用智足以通難知之意文足
以發難顯之情者乎則方是之時豈特任政者天下之
士哉蓋執簡操筆而隨者亦皆聖人之徒也兩漢以來
爲史者去之遠矣司馬遷從五帝三王既沒數千載之
後秦火之餘因散絶殘脫之經以及傳記百家之說區

區掇拾以集著其善惡之迹興廢之端又創己意以爲
本紀世家八書列傳之文斯亦可謂奇矣然而蔽害天
下之聖法是非顛倒而采摭謬亂者亦豈少哉夫自三
代以後爲史者如遷之文亦不可不謂雋偉拔出之材
非常之士也然顧不足以發難顯之情者蓋聖賢之高
致遷固有不能達其情而見之于後者矣遷之得失如
此況其他邪至于宋齊梁陳後魏後周之書蓋無以議
爲也子顯之於斯文喜自馳騁其更改破析刻雕藻績

之變尤多而其文益下豈夫才固不可以彊而有邪數世之史既然故其辭迹曖昧雖有隨世以就功名之君相與合謀之臣未有赫然得傾動天下之耳目播天下之口者也而一時偷奪傾危悖理反義之人亦幸而不暴著于世豈非所托不得其人故耶可不惜哉

雲峰院記 西山云序事如太史公

分寧人勤生而嗇施薄義而喜争其土俗然也自府來抵其縣五百里在山谷窮處其人修農桑之務率數口

之家留一人守舍行饁其外盡田田高下磽腴隨所宜
雜植五穀無廢壤女婦蠶杼無懈人茶鹽蜜紙竹箭材
葦之貨無有纖鉅治咸盡其力其勤如此富兼田千畝
廩實藏錢至累歲不發然視捐一錢可以易死寧死無
所捐其于施何如也其間利害不能以稊米父子兄弟
夫婦相去若弈碁然于其親固然于義厚薄可知也長
少族坐里閭相講語以法律意嚮小戾則相告訐結黨
詐張事關節以動視聽甚者晝刻金木爲章印摹文書

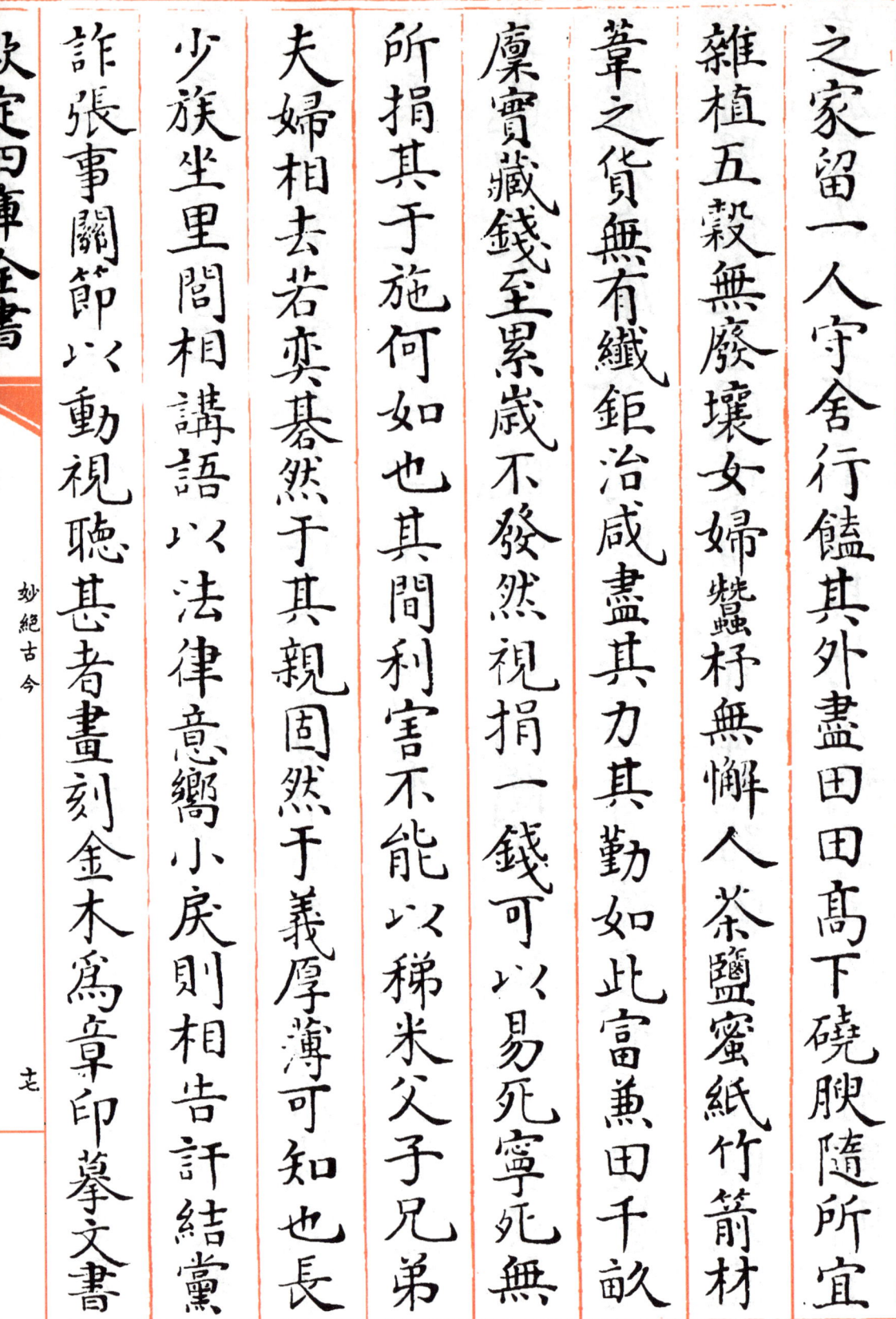

以紿吏立縣庭下變偽一日千出雖笞扑徙死交迹不以屬心其喜爭訟豈比他州縣哉民雖勤而習如是漸涵入骨髓故賢令長佐吏比肩常病其未易治教使移也雲峰院在縣極西界無籍圖不知自何時立景德三年邑僧道常治其院而侈之門闥靚深殿寢言言棲客之廬齋庖庫庾序列兩旁浮圖所用鐃鼓魚螺鐘磬之編百器備完吾聞道常氣質偉然雖索其學其歸未能當於義然治生事不廢其勤亦稱其土俗至有餘則斥

散之不爲黍累計惜樂淡泊無累則又若勝其喜施喜
爭之心可言也或曰使其人不汨溺其所學其歸一當
於義則傑視邑人者必道常乎未敢必也慶歷三年九
月與其徒謀曰吾排蓬藋治是院不自意成就如此今
老矣恐泯泯無聲畀來人相與圖文字買石刻之使永
永與是院俱傳可不可也咸曰然推其徒了思來請記
遂來予不讓爲申其可言者寵嘉之使刻示邑人其有
激也

徐孺子祠堂記

漢元興以後政出宦者小人挾其威福相煽為惡中材顧望不知所為漢既失其操柄紀綱大壞然在位公卿大夫多豪傑特起之士相與發憤同心直道正言分别是非白黑不少屈其意至于不容而織羅鉤黨之獄起其執彌堅而其行彌厲志雖不就而忠有餘故及其既没而漢亦以亡當是之時天下聞其風慕其義者人人感慨奮激至于解印綬棄家族骨肉相勉趨死而不避

百餘年間擅彊大覬非望者相屬皆逡巡而不敢發漢
能以亡爲存蓋其力也孺子於時豫章太守陳蕃太尉
黄瓊辟皆不就舉有道拜大原太守安車備禮召皆不
至蓋忘已以爲人與獨善于隱約其操雖殊其忠于人
一也在位士大夫抗其節于亂世不以死生動其心異
於懷禄之臣遠矣然而不屑去者義在於濟物故也孺
子嘗謂郭林宗曰大木將顛非一繩所維何爲栖栖不
皇寧處此其意亦非自足于丘壑遺世而不顧者也孔

子稱顏回用之則行舍之則藏惟我與爾有是夫孟子亦稱孔子可以進則進可以止則止乃所願則學孔子而易于君子小人消長進退擇所宜處未嘗不惟其時則見其不可而止此孺子所以未能以此而易彼也孺子姓徐名穉孺子其字也豫章南昌人按圖記章水北經南昌城西歷白社其西有孺子墓又北歷南塘其東爲東湖湖南小洲上有孺子宅號孺子臺吳嘉禾中太守徐熙于孺子墓隧種松太守謝景于墓側立碑晉永安

中太守夏侯嵩於碑旁立思賢亭世世修治至拓跋魏時謂之聘君亭今亭尚存而湖南小洲世不知其嘗爲孺子宅又嘗爲臺也余爲太守之明年始即其處結茅爲堂圖孺子像祠以中牢率州之賓屬拜焉漢至今且千歲富貴堙滅者不可稱數孺子不出閭巷獨稱思至今則世之欲以智力取勝者非惑歟孺子墓失其地而臺可考而知祠之所以視邦人以尚德故并采其出處之意爲記焉

王荆公潭州新學詩

治平元年天章閣待制興國吴公治潭之明年正月改築廟學于城東南越五月告成孔子用幣潭人曰公爲善政以徳我又不勩我而爲此學以嘉我士子誰能詩乎以誦我公於無窮皆辭不敢乃使來請詩曰

有嘉新學潭守所作守者誰歟仲庶氏吴振養矜寡衣之褰襦黔首鼓歌吏静不求乃相廟序生師所廬上漏旁穿燥濕不除曰嘻遷哉廹阨卑汙當其壞時適可以

謀營地處工伐梗楠櫧徹故就新為此渠渠潭人來止相語而喜我知視成無豫經始公升在堂從者如水公曰誨汝潭之士子古之讀書凡以為己躬行孝弟由義而仕神聽汝助況於閭里無實而夸非聖自是雖大得意吾猶汝恥士下其手公言無尤請詩我歌以遠公休

書洪範傳後

王安石曰古之學者雖問以口而其傳以心雖聽

以耳而其受者意故為師者不煩而學者有得也
孔子曰不憤不啓不悱不發舉一隅不以三隅反
則不復也夫孔子豈敢愛其道驁天下之學者而
不使其早有知乎以謂其問之不切則其聽之不
專其思之不深則其取之不固不專不固而可以
入者口耳而已矣吾所以教者非將善其口耳也
孔子沒道日以衰熄浸淫至于漢而傳注之家作
為師則有講而不應為弟子則有讀而無問非不

欲問也以經之意為盡于此矣吾可以無問而得
也豈特無問又將無思非不欲思也以經之意為
盡於此矣吾可以無思而得也夫如此使其傳注
者皆已善矣固足以善學者之口耳而不足以善
其心況其有不善乎宜其歷年以千數而聖人之
經卒于不明而學者莫能資其言以施于世也予
悲夫洪範者武王之所以虛心而問與箕子之所
以悉意而言為傳注者汨之以至于今冥冥也于

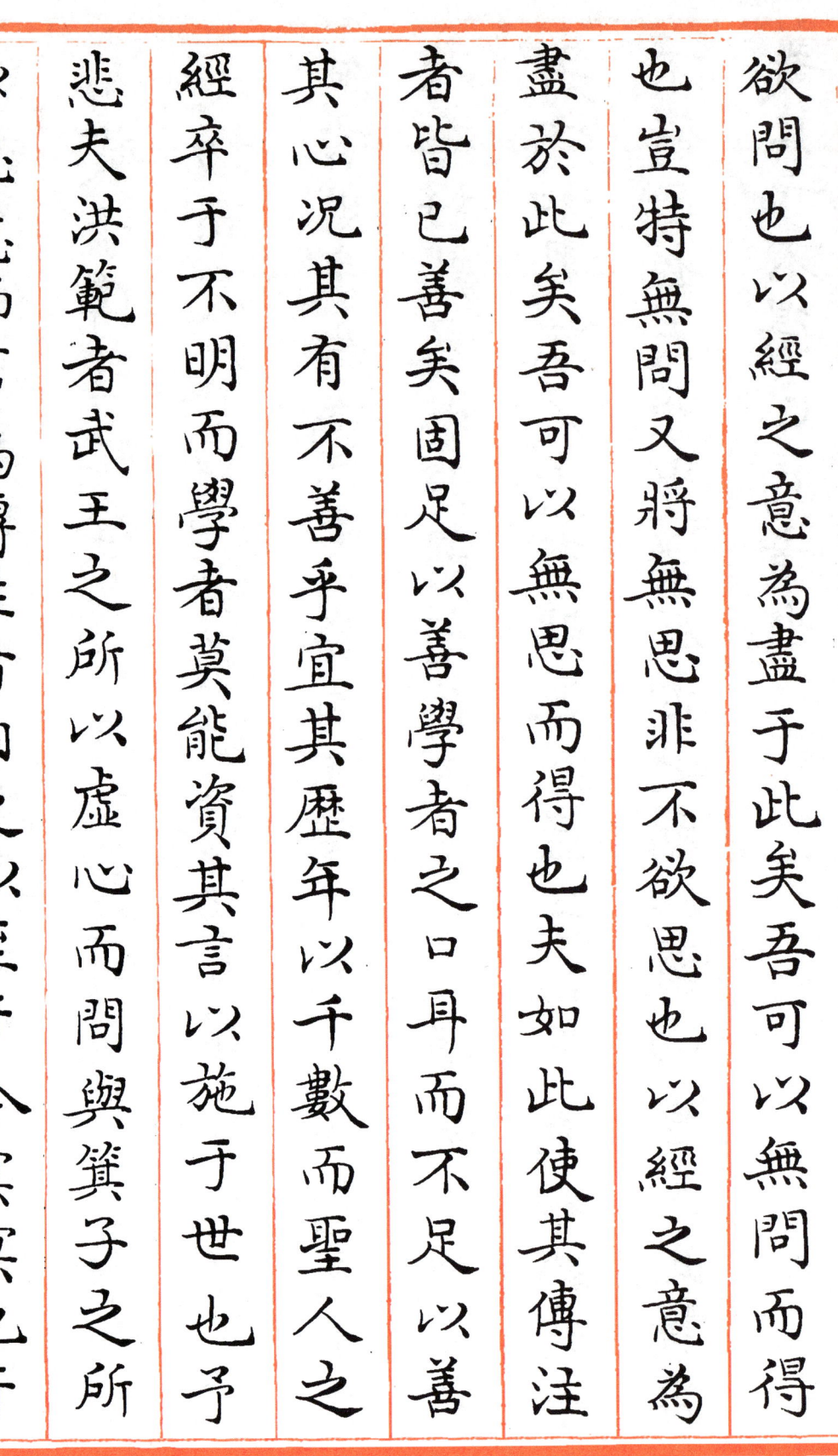

是為作傳以通其意嗚呼學者不知古之所以教而蔽于傳注之學也久矣當其時欲其思之深問之切而後復焉則吾將孰待而言邪孔子曰予欲無言然未嘗無言也蓋有不得已焉孟子則天下固以為好辯蓋邪説暴行作而孔子之道幾于熄孟子者不如是不足與有明也故孟子曰予豈好辯哉予不得已也夫予豈樂反古之所以教而重為此譊譊哉其亦不得已焉者也

蘇老泉族譜引

有藏此文真蹟者注引云穀梁體詩云脊令詩

蘇氏族譜譜蘇氏之族也蘇氏出于高陽而蔓延於天下唐神堯初長史味道刺眉州卒于官一子留于眉眉之有蘇氏自此始而譜不及者親盡也親盡則曷為不及譜為親作也凡子得書而孫不得書者何也以著代也自吾之父以至吾之高祖仕不仕娶某氏享年幾某日卒皆書而他不書者何也詳吾之所自出也自吾之父以至吾之高祖皆曰諱某而他則遂名之何也尊吾

之所自出也譜爲蘇氏作而獨吾之所自出獨詳與尊何也譜吾作也嗚呼觀吾之譜者孝悌之心可以油然而生矣情見于親親見于服服始于衰而至于緦麻而至于無服無服則親盡親盡則情盡情盡則喜不慶憂不弔喜不慶憂不弔則塗人也吾所與相視如塗人者其初兄弟也兄弟其初一人之身也悲夫一人之身分而至于塗人吾譜之所以作也其意曰分至于塗人者勢也勢吾無如之何也幸其未至於塗人也使其無至

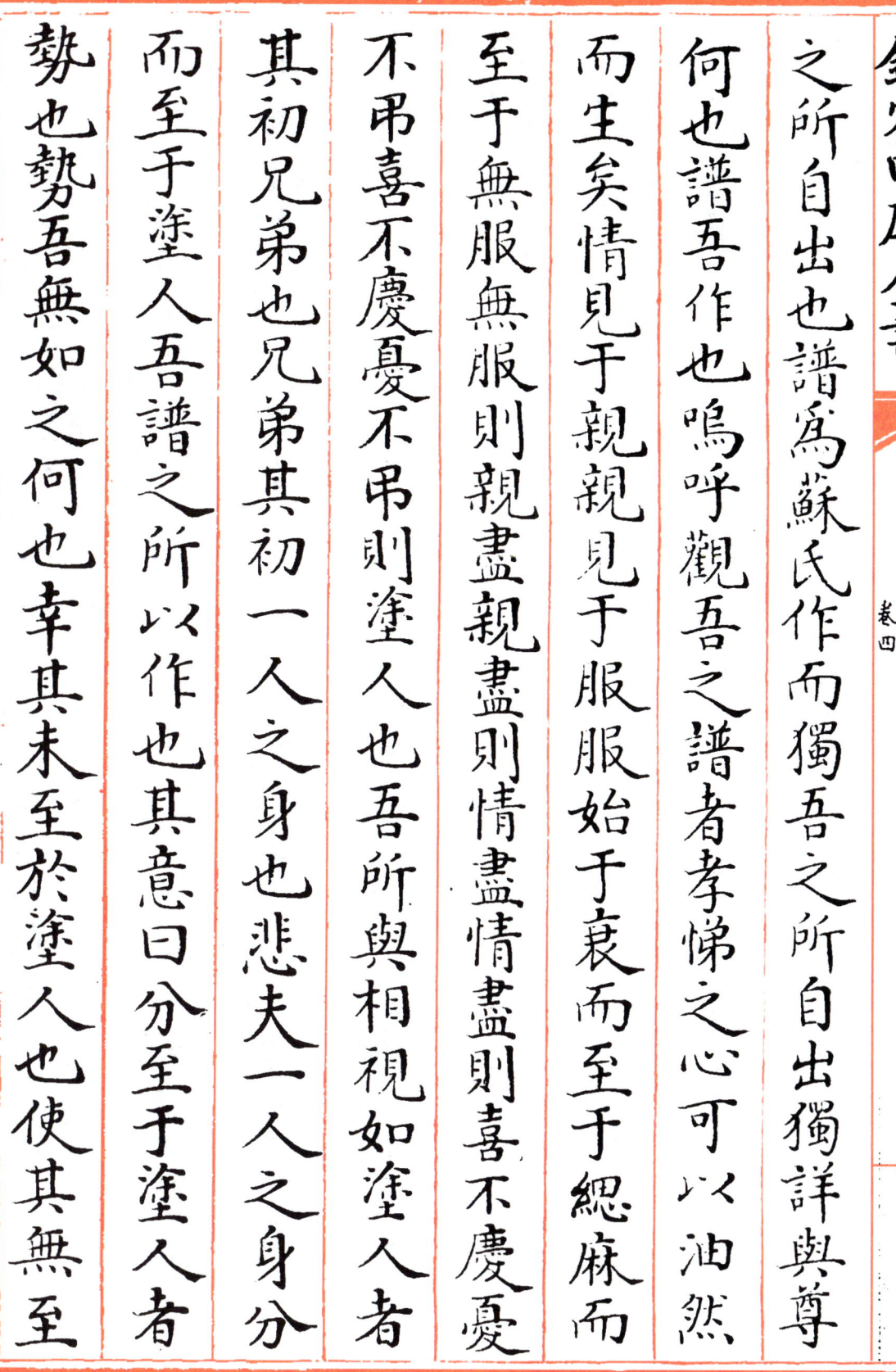

於忽忘焉可也嗚呼觀吾之譜者孝悌之心可以油然而生焉矣系之以詩曰吾父之子今爲吾兄吾疾在身兄呻不寧數世之後不知何人彼死而生不爲戚欣兄弟之情如足與手其能幾何彼不相能彼獨何心

仲兄文甫字說

洵讀易至渙之六四曰渙其羣元吉曰嗟夫羣者聖人之所欲渙以混一天下者也葢予仲兄名渙而字公羣則是以聖人之所欲解散滌蕩者以自命也而可乎他

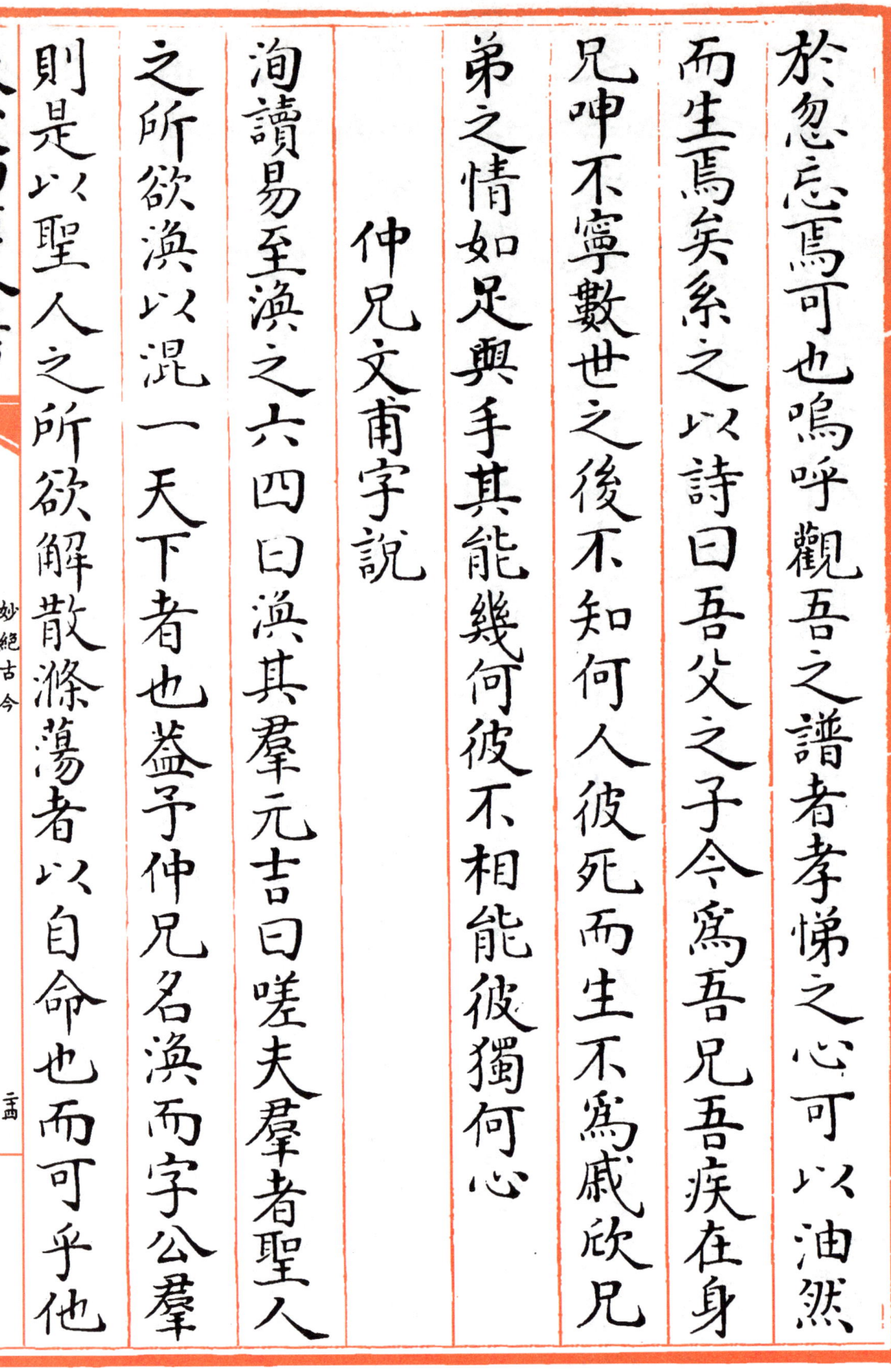

日以告兄曰子可無爲我易之洵曰唯既而曰請以文甫易之如何且兄嘗見夫水之與風乎油然而行淵然而留渟洄汪洋滿而上浮者是水也而風實起之蓬蓬然而發乎大空不終日而行乎四方蕩乎其無形飄乎其遠來既往而不知其迹之所存者是風也而水實形之今夫風水之相遭乎大澤之陂也紆餘委蛇蜿蜒淪漣安而相推怒而相凌舒而如雲蹙而如鱗疾而如馳徐而如徊揖遜旋辟相顧而不前其繁如縠其亂如霧

紛紜鬱擾百里若一汨乎順流至乎滄海之濆磅礴洶涌號怒相軋交橫綢繆放乎空虛掉乎無垠橫流逆折濆旋傾側宛轉膠戾回者如輪縈者如帶直者如燧奔者如燄跳者如鷺躍者如鯉殊狀異態而風水之極觀備矣故曰風行水上渙此亦天下之至文也然而此二物者豈有求乎文哉無意乎相求不期而相遭而文生焉是其為文也非水之文也非風之文也二物者非能為文而不能不為文也物之相使而文出于其間也故

曰此天下之至文也今夫玉非不温然美矣而不得以爲文刻鏤組繡非不文矣而不可以論乎自然故夫天下之無營而文生之者唯水與風而已昔者君子之處於世不求有功不得已而功成則天下以爲賢不求有言不得已而言出則天下以爲口實嗚呼此不可與他人道之唯吾兄可也

送吴侯職方赴闕引

因天地萬物有可以如此之勢而寓之于事則其始不

强而易成其成也窮萬物而不可變聖人見天地之間
以物加物而不能皆長不能皆短於是有度見一人之
手不能盛江河之沙礫而太山之谷納一石而不加淺
於是有量見物横於空中首重而末舉於是有權衡長
短之相形大小之相盛輕重之相抑昂皆物之所自有
而度量權衡者因焉故度量權衡家有之而不可闕至
于後世有作者出以爲因物之自然以成物不足以見
吾智于是作器使之不擊而自鳴不觸而自轉虚而欹

水實其中而覆半而端如常器嗚呼殆矣吾見其朝作而暮廢也夫不忍而謂之仁忍而謂之義見蹈水者不忍而拯其手而仁存焉見井中之人度不能出忍而不從而義有焉無傷其身而活一人人心有之不肯殺其身以濟必不能生之人人心有之有人焉以爲人心之所自有而不足以驚人也乃曰殺吾身雖不能生人吾爲之此人心之所自有邪强之也强不能以及遠使人之心不忍殺人而亦不以無故殺其身是亦足以爲仁

矣乎嗚呼有餘矣誰能不忍視人之死而亦不
肯妄殺其身者然則異世驚衆之行亦無有以
加之也吳侯職方有名於當時其胸中泊然無
崖岸限隔又無趨然躍然務出奇怪之操以震
撼世俗之志是誠使刻厲險薄之人見之將不
識其所以與常人異者然使之退而思其平生
大方則淳淳渾渾不可遽測此所謂能充其心
之所自有而天下之君子也吳侯有名于世三

十年而猶於此為遠官今其東歸其不碌碌為此官矣哉

名二子說

輪輻蓋軫皆有職乎車而軾獨若無所為者雖然去軾則吾未見其為完車也軾乎吾懼汝之不外飾也天下之車莫不由轍而言車之功轍不與焉雖然車仆馬斃而患不及轍是轍者禍福之間轍乎吾知免矣

蘇東坡六一居士集序

夫言有大而非誇達者信之衆人疑焉孔子曰天之將喪斯文也後死者不得與於斯文也孟子曰禹抑洪水孔子作春秋而予距楊墨葢以是配禹也文章之得喪何與于天而禹之功與天地並孔子孟子以空言配之不已誇乎自春秋作而亂臣賊子懼孟子之言行而楊墨之道廢天下以爲是固然而不知其功孟子既没有申商韓非之學違道而趨利殘民以厚主其說至陋也

而士以是罔其上上之人僥倖一切之功靡然從之而
世無大人先生如孔子孟子者推其本末權其禍福之
輕重以救其惑故其學遂行秦以是喪天下陵夷至于
勝廣劉項之禍死者蓋十八九天下蕭然洪水之患蓋
不至此也方秦之未得志也使復有一孟子則申韓為
空言作於其心害於其事作於其事害於其政者必不
至若是烈也使楊墨得志於天下其禍豈減於申韓哉
由此言之雖以孟子配禹可也太史公曰蓋公言黃老

賈誼晁錯明申韓錯不足道也而誼亦為之余以是知
邪說之移人雖豪傑之士有不免者況餘人乎自漢以
來道術不出于孔氏而亂天下者多矣晉以老莊亡梁
以佛亡莫或正之五百餘年而後得韓愈學者以愈配
孟子蓋庶幾焉愈之後三百有餘年而後得歐陽子其
學推韓愈孟子以達於孔氏著禮樂仁義之實以合於
大道其言簡而明信而通引物連類折之于至理以服
人心故天下翕然師尊之自歐陽子之存世之不說者

譁而攻之能折困其身而不能屈其言士無賢不肖不謀而同曰歐陽子今之韓愈也宋興七十餘年民不知兵富而教之至天聖景祐極矣而斯文終有愧於古士亦因陋守舊論卑而氣弱自歐陽子出天下爭自濯磨以通經學古爲高以救時行道爲賢以犯顔敢諫爲忠長育成就至嘉祐末號稱多士歐陽子之功爲多嗚呼此豈人力也哉非天其孰能使之歐陽子沒十有餘年士始爲新學以佛老之似亂周孔之實識者憂之賴天

子明聖詔修取士法風厲學者專治孔氏黜異端然後
風俗一變考論師友淵源所自復知誦習歐陽子之書
予得其詩文七百六十六篇於其子棐乃次而論之曰
歐陽子論大道似韓愈論事似陸贄記事似司馬遷詩
賦似李白此非予言也天下之言也歐陽子諱修字永
叔既老自謂六一居士云

范文正公集序

慶歷三年軾始總角入鄉校士有自京師來者以魯人

石守道所作慶歷聖德詩示鄉先生軾從旁竊觀則能誦習其詞問先生以所頌十一人者何人也先生曰童子何用知之軾曰此天人也耶則不敢知若亦人耳何為其不可先生奇軾言盡以告之且曰韓范富歐陽此四人者人傑也時雖未盡了則已私識之矣嘉祐二年始舉進士至京師則范公没既葬而墓碑出讀之至流涕曰吾得其為人蓋十有五年而不一見其面豈非命歟是歲登第始見知于歐陽公因公以識韓富皆以國

士待軾曰恨子不識范文正公其後三年過許始識公
之仲子今丞相堯夫又六年始見其叔彝叟京師又十
一年遂與其季德孺同僚于徐皆一見如舊且以公遺
藁見屬爲序又十三年乃克爲之嗚呼公之功德蓋不
待文而顯其文亦不待序而傳然不敢辭者自以八歲
知敬愛公今四十七年矣彼三傑者皆得從之游而公
獨不識以爲平生之恨若獲掛名其文字中以自托于
門下士之末豈非疇昔之願也哉古之君子如伊尹太

公管仲樂毅之徒其王霸之畧皆定於畎畒中非仕而後學者也淮陰侯見高帝于漢中論劉項短長畫取三秦如指諸掌及佐帝定天下漢中之言無一不酬者諸葛孔明卧草廬中與先主論曹操孫權規取劉璋因蜀之資以争天下終身不易其言此豈口傳耳受嘗試爲之而僥倖其或成者哉公在天聖中居太夫人憂則已有憂天下致太平之意故爲萬言書以遺宰相天下傳誦至用爲將擢爲執政考其平生所爲無出此書者今

其集二十卷爲詩賦二百六十八爲文一百六十五其於仁義禮樂忠信孝悌蓋如饑渴之于飲食欲須臾忘而不可得如火之熱如水之濕蓋其天性有不得不然者雖弄翰戲語率然而作必歸於此故天下信其誠爭師尊之孔子曰有德者必有言非有言也德之發于口者也又曰我戰則克祭則受福非能戰也德之見于怒者也

斷句似文甫字說

樂全先生文集序

孔北海志大而論高功烈不見于世然英偉豪傑之氣
自爲一時所宗其論盛孝章郗鴻豫書慨然有烈丈夫
之風諸葛孔明不以文章自名而開物成務之姿綜練
名實之意自見于言語至出師表簡而盡直而不肆大
哉言乎與伊尹說命相表裏非秦漢以來以事君爲悅
者所能至也常恨二人之文不見其全今吾樂全先生
張公安道其庶幾乎嗚呼士不以天下之重自任久矣
言語非不工也政事文章非不敏且博也然至於臨大

事鮮不忘其故失其守者其器小也公爲布衣則傾然
已有公輔之望自少出仕至老而歸未嘗以言徇物以
色假人雖對人主必同而後言毁譽不動得喪若一真
孔子所謂大臣以道事君者世遠道散雖志士仁人或
少貶以求用公獨以邁往之氣行正大之言曰用之則
行舍之則藏上不求合于人主故雖貴而不用用而不
盡下不求合于士大夫故悦公者寡不悦公者衆然至
言天下偉人則必以公爲首公盡性知命體乎自然而

行乎不得已非蘄以文字名世者也然自慶曆以來訖元豐四十餘年所與人主論天下事見于章疏者多矣或用或不用而皆本于禮義合於人情是非有考于前而成敗有驗於後及其他詩文皆清遠雄麗讀者可以想見其為人信乎其為有似於孔北海諸葛孔明也軾年二十以諸生見公成都公一見待以國士今三十餘年所以開發成就之者至矣而軾終無所效尺寸於公者獨求其文集手校而家藏之且論其大畧以待後世

之君子昔曾魯公嘗爲軾言公在人主前論大事他人
終日反覆不能盡者公必數言而決粲然成文皆可書
而誦也言雖不盡用慶歷以來名臣爲人主所敬莫如
公者公今年八十一杜門却掃終日危坐將與造物者
遊於無何有之鄉言且不可得聞而況其文乎凡爲文
若干卷若干首

思堂記

定安章質夫築室于公堂之西名之曰思曰吾將朝夕

於是凡吾之所爲必思而後行子爲我記之嗟夫余天
下之無思慮者也遇事則發不暇思也未發而思之則
未至已發而思之則無及以此終身不知所思言發于
心而衝于口吐之則逆人茹之則逆余以爲寧逆人也
故卒吐之君子之于善也如好好色其于不善也如惡
惡臭豈復臨事而後思計議其美惡而避就之哉是故
臨義而思利則義必不果臨戰而思生則戰必不力若
夫窮達得喪死生禍福則吾有命矣少時遇隱者曰孺

子近道少思寡欲曰思與欲若是均乎曰甚於欲庭有
二盎以畜水隱者指之曰是有蟻漏是日取一升而棄
之孰先竭曰必蟻漏者思慮之賊人也微而無間隱者
之言有會於余心余行之且夫不思之樂不可名也虛
而明一而通安而不懈不處而靜不飲酒而醉不閉目
而睡將以是記思堂不亦繆乎雖然言各有當也萬物
並育而不相害道並行而不相悖以質夫之言其所謂
思者豈世俗之營營於思慮者乎易曰無思也無為也

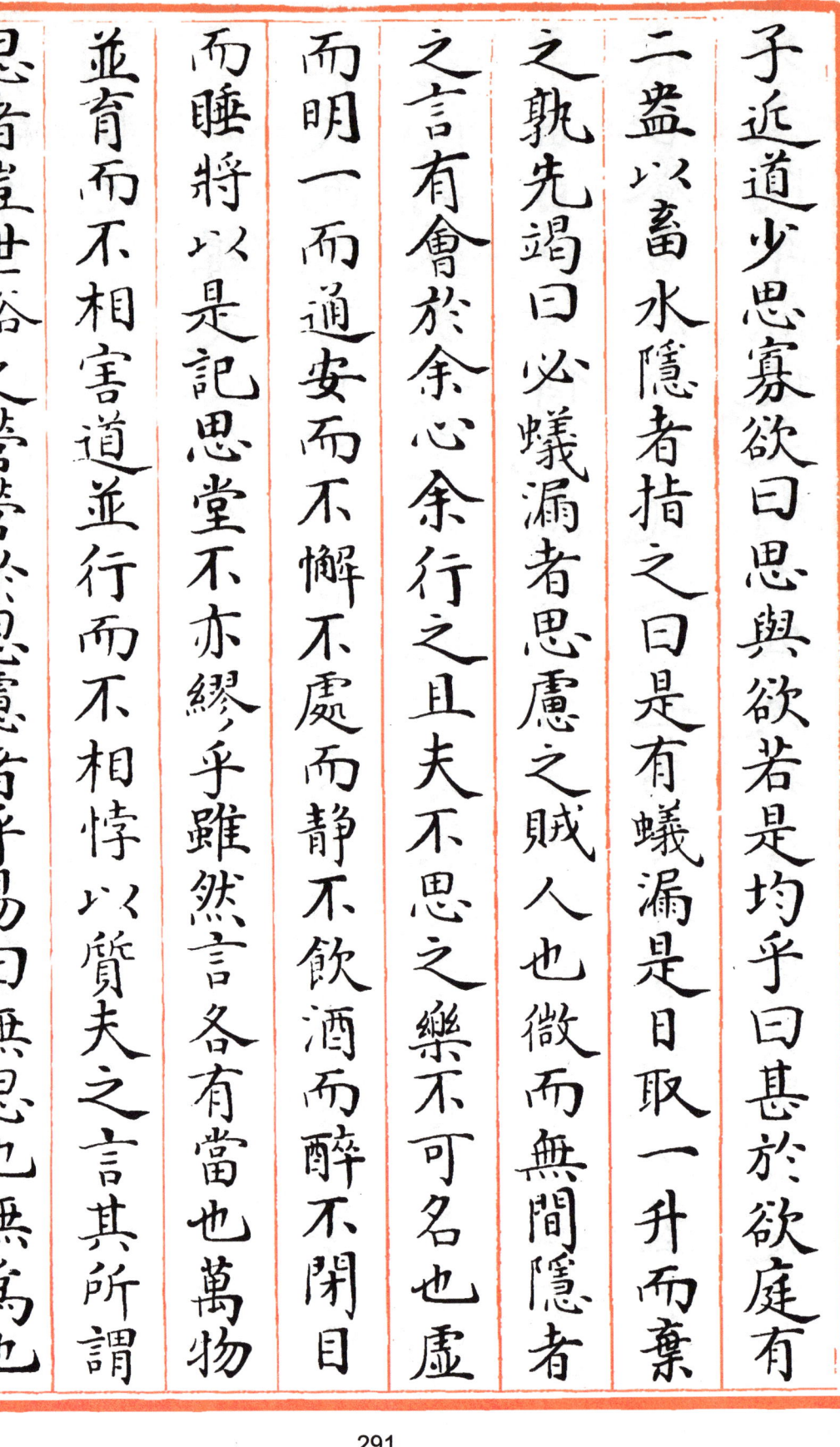

我願學焉詩曰思無邪質夫以之元豐二年正月二十四日記

韓文公廟碑

匹夫而為百世師一言而為天下法是皆有以參天地之化關盛衰之運其生也有自來其逝也有所為矣故申呂自嶽降傳說為列星古今所傳不可誣也孟子曰我善養吾浩然之氣是氣也寓於尋常之中而塞乎天地之間卒然遇之則王公失其貴晉楚失其富良平失

其智賁育失其勇儀秦失其辯是孰使之然哉其必有不依形而立不恃力而行不待生而存不隨死而亡者矣故在天爲星辰在地爲河嶽幽則爲鬼神明則復爲人此理之常無足怪者自東漢已來道喪文敝異端並起歷唐貞觀開元之盛輔以房杜姚宋而不能救獨韓文公起布衣談笑而麾之天下靡然從公復歸於正蓋三百年於此矣文起八代之衰而道濟天下之溺忠犯人主之怒而勇奪三軍之帥此豈非參天地關盛衰浩

然而獨存者乎葢嘗論天人之辯以謂人無所不至惟天不容僞智可以欺王公不可以欺豚魚力可以得天下不可以得匹夫匹婦之心故公之精誠能開衡山之雲而不能回憲宗之惑能馴鱷魚之暴而不能弭皇甫鎛李逢吉之謗能信於南海之民廟食百世而不能使其身一日安於朝廷之上葢公之所能者天也其所不能者人也始潮人未知學公命進士趙德爲之師自是潮之士皆篤於文行延及齊民至于今號稱易治信乎

孔子之言君子學道則愛人小人學道則易使也潮人之事公也飲食必祭水旱疾疫凡有求必禱焉而廟在刺史公堂之後民以出入爲艱前守欲請諸朝作新廟不果元祐五年朝散郎王君滌來守是邦凡所以養士治民者一以公爲師民既悅服則出令曰願新公廟者聽民歡趨之卜地于州城之南七里期年而廟成或曰公去國萬里而謫于潮不能一歲而歸没而有知其不眷戀于潮也審矣軾曰不然公之神在天下者如水之

在地中無所往而不在也而潮人獨信之深思之至焄
蒿悽愴若或見之譬如鑿井得泉而曰水專在是豈理
也哉元豐七年詔封公昌黎伯故榜曰昌黎伯韓文公
之廟潮人請書其事于石因作詩以遺之使歌以祀公
其詩曰
公昔騎龍白雲鄉手抉雲漢分天章天孫爲織雲錦裳
飄然乘風來帝旁下與濁世掃粃糠西游咸池畧扶桑
草木衣被昭回光追逐李杜參翱翔汗流籍湜走且僵

滅没倒景不可望作書詆佛譏君王要觀南海窺衡湘
歷舜九疑弔英皇祝融先驅海若藏約束鮫鱷如驅羊
鈞天無人帝悲傷謳吟下招遣巫陽犦牲雞卜羞我觴
於粲荔丹與蕉黄公不少留我涕滂翩然被髮下大荒

贊王元之畫像

傳曰不有君子其能國乎予嘗三復斯言未嘗不流涕
太息也如漢汲黯蕭望之李固吳張昭唐魏鄭公狄仁
傑皆以身徇義招之不來麾之不去正色而立于朝則

豺狼狐狸自相吞噬故能消禍于未形救危于將亡使
皆如公孫丞相張禹胡廣之徒雖累千百緩急豈可望
哉故翰林王公元之以雄文直道獨立當世足以追配
此六君子者方是時朝廷清明無大姦慝然公猶不容
於中耿耿然如秋霜夏日不可狎玩至于三黜以死有
如不幸而處於衆邪之間安危之際則公之所爲必將
驚世絶俗使斗筲穿窬之流心破膽裂豈特如此而已
乎始余過蘇州虎邱寺見公之畫像想其遺風餘烈願

為執鞭而不可得其後為徐州而公之曾孫汾為兖州
以公墓碑示予乃追為之賛以附其家傳云
維昔聖賢患莫已知公遇太宗允也其時帝欲用公公
不少貶三黜窮山之死靡憾咸平以來獨為名臣一時
之屈萬世之信紛紛鄙夫亦拜公像何以占之有泚其
顙公能泚之不能已之茫茫九原愛莫起之

妙絶古今卷四

妙絕古今後序

夫理道載於六籍文學著於四科聖人教人以文欲其因文以入道也然教以博文為先而文以體要為尚若畔經而離道文雖工而弗庸矣自秦以來士多有離道而為文者雖求古文於孔壁收竹書於汲冢握鉛素未嘗不勤求其發明理道而羽翼聖經者葢未多見其人焉即梁昭明文選姚鉉文粹二書所錄傳者果皆理道之正乎茲妙絕古今一書葢宋人所選謂文章之精

絶者一代不數人而一人不數篇自春秋而迄歐蘇氏得七十有九首蓋千載之英華萃矣觀其所載多左氏氏國語莊列荀楊韓柳之詞其體近乎古而其義切於用者然後取之其與後之騁虛詞而亡實用者異矣夫吾道本中庸而聖人無絶德其云妙絶古今者謂文章必有法程而凡操觚染翰者固當究心乎體要歟宋真西山集文章正宗學者宗焉當時亟稱此書則在宋已爭傳矣虔之蕭蘭氏得善本梓之今中丞十山談公序

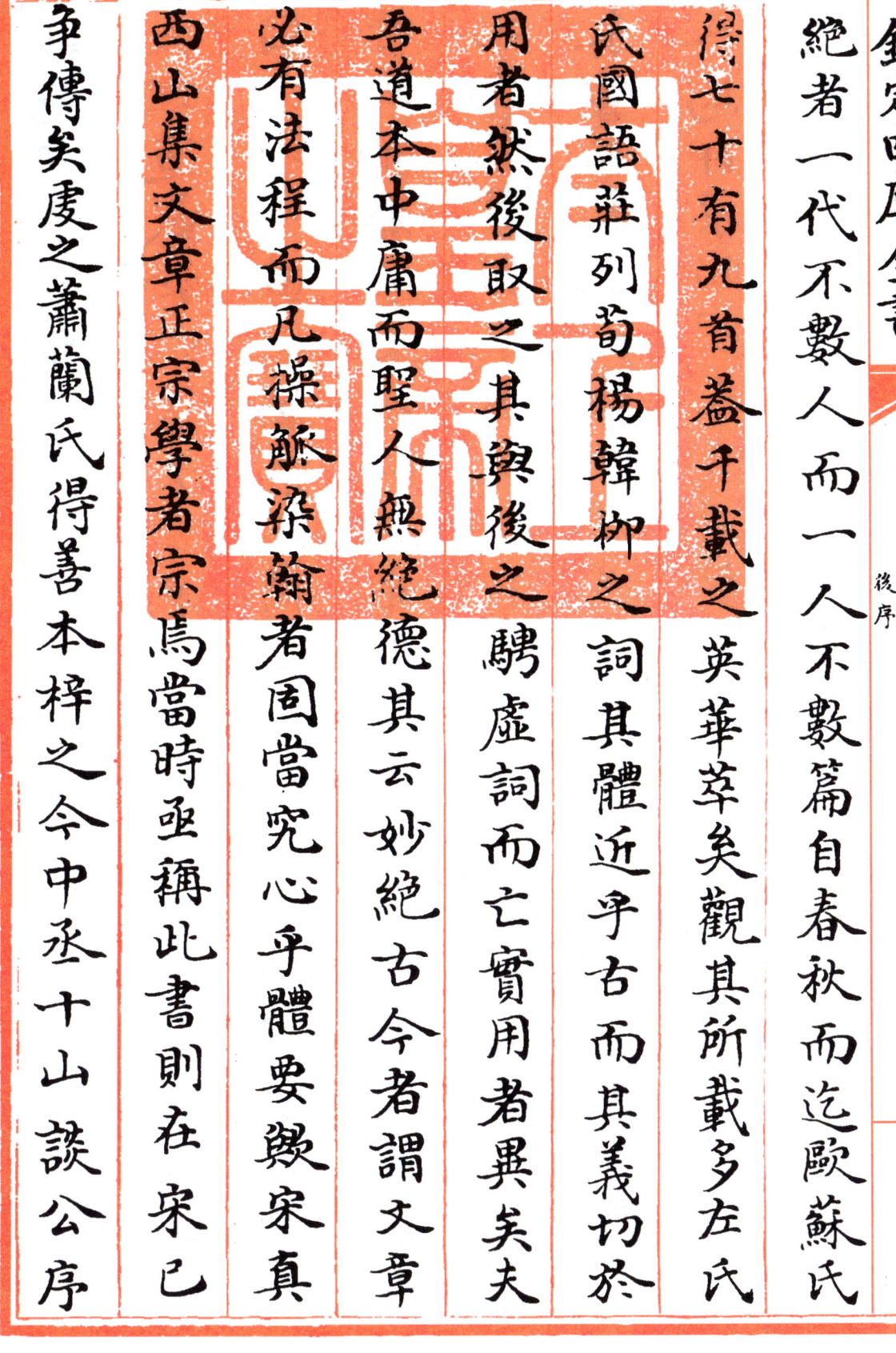

於首簡謂觀者當求於驪黄牡之外誠嘉惠後學之盛心也故題其跋焉嘉靖乙卯夏五月既望賜進士第中憲大夫江西南安府知府陵陽王廷榦書

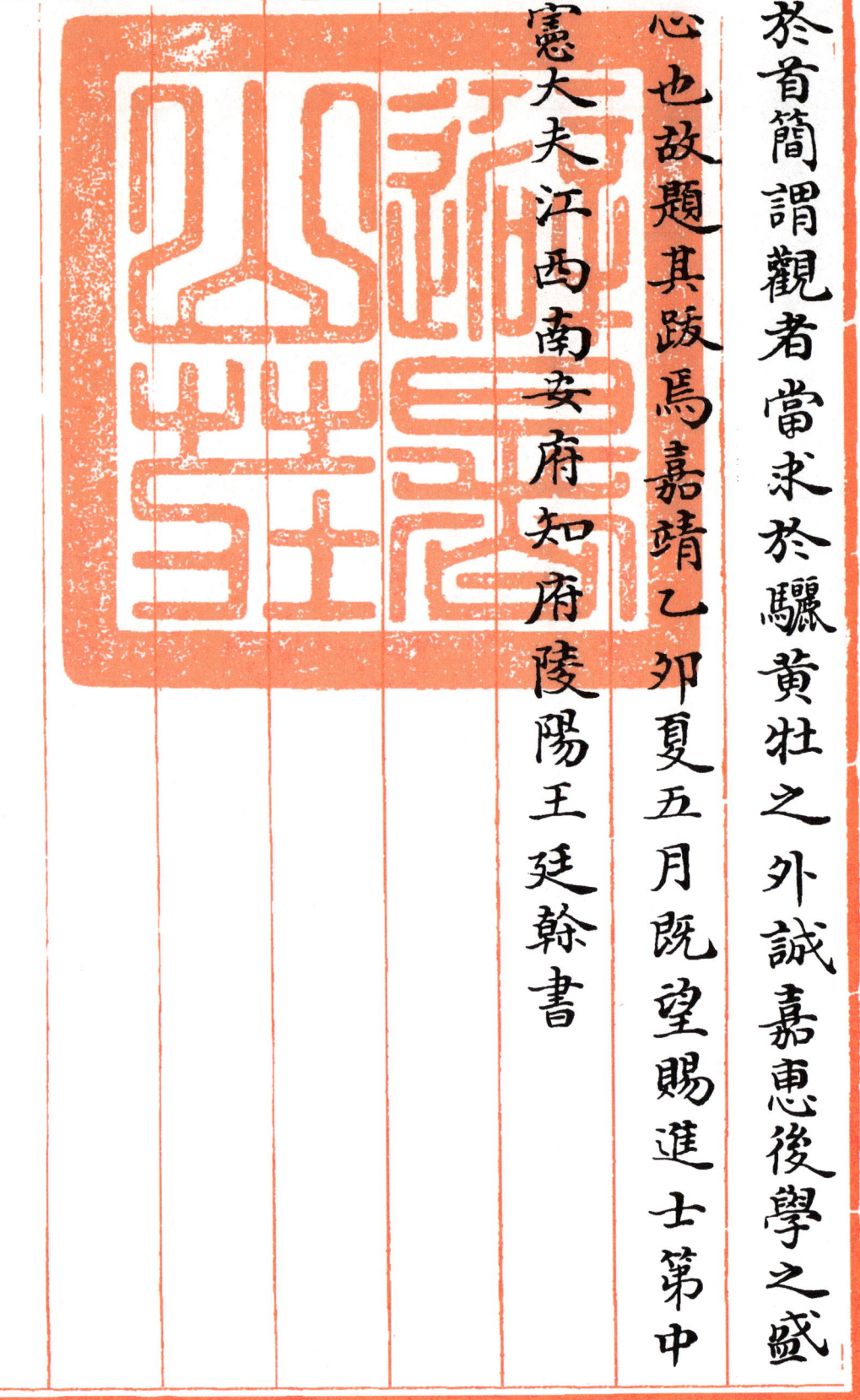

總校官候補知府臣葉佩蓀

校對官中書臣吴樹萱

謄録監生臣康永倫

圖書在版編目（CIP）數據

妙絶古今 / (宋) 湯漢編. —北京：中國書店，
2018.2
ISBN 978-7-5149-1906-6

Ⅰ. ①妙… Ⅱ. ①湯… Ⅲ. ①古典散文－散文集－中國 Ⅳ. ①H194.1

中國版本圖書館CIP數據核字(2017)第319292號

四庫全書·總集類

妙絶古今

作者　宋·湯　漢編
出版發行　中國書店
地址　北京市西城區琉璃廠東街一一五號
郵編　一〇〇〇五〇
印刷　山東汶上新華印刷有限公司
開本　730毫米×1130毫米　1/16
印張　19.5
版次　二〇一八年二月第一版第一次印刷
書號　ISBN 978-7-5149-1906-6
定價　六八　元